上海物語

あるいはゾルゲ少年探偵団

小中陽太郎

未知谷
Publisher Michitani

上海物語　目次

上海物語　あるいはゾルゲ少年探偵団

プロローグ

亜細亜の曙

梅雨のあとさき、要塞のような東電ビルの角をコリドー街に曲がると、淡緑色の細い柳の新芽を掠めて、銀座のツバメが自称高等遊民須磨雄の買いたてのパナマ帽に糞をした。いつも突拍子もない風体なので銀ブラを愛した徳田秋声をもじって「仮装人物」と呼ばれている。四角いバイオレットのガラスでできた昭和のキャフェ風の看板に降る黴雨を避けるように狭い階段を下り、梟の彫刻のある厚い木製の扉を閉めると、時の政権党の幹事長をして「音の暴力、議会制民主主義否定だ」と音を上げさせた原発再稼働反対の拡声器の音が嘘のように消えた。

「やあ、もう更衣《ころもがえ》でやんすか。粋な江戸小紋でげすね」と幇間がすり寄ってきた。いい年をした男のくせにぷんと資生堂の香水のにおいが漂った。

「あら、センセ、お早いお出まし、ねえ、同伴にして」と数寄屋橋の白蓮が江戸小紋の単《ひとえ》の抜き衣紋でしなだれかかった。こちらは定番のシャネルのNo5の匂いがする。

「おい、ちょいとお人払いだ」

須磨雄は睫毛を神経質にしばたたくと、わざと邪険に白蓮を払いのけ、幇間に低い声で命じた。銀座の海千山千のベテランママの白蓮は、少々流行遅れの美容院にゆきたての高く結いあげたパーマを揺らしながら、

「はい、はい」と二つ返事で引き下がる。

いっぽう幇間は、不機嫌な顔は見せずに、

「なんでやあも、おひとばらいなんて物騒な」

のっぺりした顔で尾張名古屋の生まれだが下町言葉の若旦那を気取っている。

「近頃、やなもんが復活しやがって」と、燻《ふせ》べ印伝の巾着から日本手ぬぐいをとりだし体に似合わず太い首筋の汗を拭って、

「これを見て」

と袂からインクのにおいのする毎日新聞夕刊を取り出した。

「特定秘密保護法が成立　国会前では採決に抗議の声響く」（二〇一四年五月二十六日夕刊）

そこへまた一人、麻の着流しにしては左肩が大きく下がっている、カナ壺まなこの男が入ってきた。頭髪はごま塩だ。ソファに坐りコップの水をがぶっと飲むなり、右のたもとからこれは黄ばんでくしゃくしゃになった新聞を取り出して、テーブルに置いた。

一面トップは、

「わが潜水艦の敵船舶撃沈　合計実に四十四萬四千トン」

「すご～い」と手を叩くホステスを払いのけるようにして、

「そっちじゃない」

着流しの男のインクのついたペン胼胝の短い人差し指の差すには、

「国際諜報團検挙さる　内外人五名が首魁」（昭和十七年五月十七日『朝日新聞』）

男は、長年の文壇生活と銀座の酒焼けのくたびれた皮膚をみせながら、血を吐くような声を絞り出した。

「兄だ」

「え、会長、あなたのお兄さんて」

「そうだ、俺は妾の方の子だが、兄貴は兄貴だ！」

ワインバーのＬＥＤの照明が、ガレのアール・デコのシェードから漏れるオレンジ色の光に薄れ、「マック・ザ・ナイフ」が「赤いローザ」にかわっていた。全体が走馬燈のように現実のものとも思えなかった。いつのまにか並木通りのラインゴールドに暗転した。

森羅万象博識のいいだももは、旧制帝大出の年代なのにいつまでもとねっとりした髪をつきだして、高等遊民を冷やかした。

「日ごろ道化師を旨とする君がどうして、こんな野暮な秘密保護法に関心を持つんだい」

すると、恥ずかしげに、

「じつは、ぼくは、上海航路で史上最年少のスパイとうたがわれた思い出があるんだ」

「え、君は上海育ちなのか？」

「みんな仮装人物さ」


どこかで出帆の銅鑼が響いた。

第一部

夢の夢なるかな

第一章

史上最年少のスパイ

欧州航路大洋丸は、ドイツで建造され、第一次世界大戦の賠償として日本に譲り渡された。少年は、一九四〇年四月五日の晴れた朝、神戸港メリケン波止場から長身でつば広の帽子をかぶった母親に手をひかれて、上海に向かった。

六歳の須磨雄は、北に六甲山の稜線が聳え、海にはいつまでもブイが動くが如く巨船にまつわり、鴎が海面すれすれに飛んでいたことをよく覚えている。

やってきたボーイを見て、須磨雄が、

「あ、暁ちゃんだ」

明石子も、まだ童顔を残す赤い頬の教え子をみて、怪訝そうに尋ねた。母の明石子が結婚前、保母をしていた須磨幼稚園の園長の息子で、去年商船学校を出て日本郵船に勤務したところだ。

「暁、そんな水兵さんの服着てどないしてん?」

「特別少年志願兵に志願したんですが、十六歳に二ヶ月足りません。本航海がおわれば、海軍特別志願兵になるのです」

「おやおや、まるでカモメの水兵さんね」

暁が、食事のメニューの代わりに、ガリ版刷りの注意書きを配った。

「あらまあ、ずいぶん情けないものになったのね」

と明石子は、たった二年前の龍田丸の錦絵の色鮮やかなメニューと比べて落胆の声を出した。


「海上の安全を期する為船客各位に対する重要告知
（一）御乗船後先ず第一に左記の件御承知置を願ひます
（イ）各自割当端艇の位置
（ロ）それに乗る場所並びに其処に至る順路
（ハ）救命胴衣或は救命浮帯の着用方
（二）万一本船遭難の際は汽笛又は汽角により短声六発以上の連発に続く長声一発と同時に警急電鈴を鳴らすか又は銅鑼を連打致します。此の信号を御聞きになりましたら直ぐ救命胴衣或は救命浮帯を御着用の上甲板上に御参集を願ひます」
暁は「戦争ですから仕方がありません、お国のためです」と決然と言った。

一夜あけると、いつの間に揚子江にはいったのか、エンジンの音が静かになり、揺れが止まった。停船したらしい。ドアにノックの音がした。

開けると見習いの白いボーイ姿の暁が緊張した面持ちで立っていた。日焼けした顔が少し蒼ざめている。

「明石子先生、船長が食堂に集合していただきたいとのことであります」

「船長はんが？　なんやろ」

と、明石子は気楽に立った。

「なんでも昨日のご夕食と同じテーブルに着席するようにとのことであります」

「けったいなことやな、どこにすわったか、わすれてしもたわ」

半ズボンの上に、銀座の三枝《さえぐさ》製の胸に須磨雄のSの飾り文字のアップリケのついたジャケットを着せてから、明石子は、パールのネックレスを小さなバッグから取り出し、

「須磨雄、留めてちょうだい」

と、背中を向けた。須磨雄はそれよりもバッグの中のピストルに目を丸くした。

「ほなら、いこか」

明石子は緊張を押し殺していった。

明石子は、自分の乗船した上海航路のメニューをすべてとっている。それを並べてみるだけでも、華やかな外国航路がやがて国防一色に染められてゆく変遷が読みとれるだろう。最初の旅のメニューは、京都らしい橋と桜、美人画や城郭の木版画である。昭和十五年四月六日（土）の昼から十日（水）の昼まで、神戸を出て、門司、長崎と五日間の船旅であった。六日の昼が京都の嵐山の桜である。桜の紅が鮮やかだ。晩餐は二重橋の絵で、英文で「近くに日本郵船の本社があり、この新旧の対比が日本だ」とある。七日（日）の昼は栄昌画の花魁《おいらん》の大首もの。英文で「まげ」の説明が付されている。七日の晩餐は尾長鳥で、「画人ツリョウ・塩崎」と記してある。面白いのは八日（月）の晩餐会の伏見稲荷の絵柄に「今晩三〇分退針致します」とあることだ。時差を調整するのであろう。九日（火）の博多人形の絵柄のメニューでも時差調整のため三〇分遅らせている。十日（水）昼は日傘を差した舞妓が二人、欄干のある橋を渡る図柄である。お稽古帰りと説明している。その夜の献立は「ひらめグラタン、骨抜き詰め物入り鴨肉煮焼き、莢豆《さやまめ》添え牛胸肉茹煮人参ソース添え」である。

時ならぬ総員呼集だが、何のことやら見当もつかぬ明石子は、他の律儀な乗客が少しイライラしはじめたところに、悠然とご登場だ。二人が円テーブルに坐るやさっと私服の男たちが周りを取り囲んだ。

すぐに船長の太い声が流れた。のち一九四三年二月八日長崎県五島沖で敵潜水艦の雷撃により轟沈、船長以下乗組員一九八名全員船と運命を共にし、一名の生存者もなかったとき、艦橋で朗々と「海征かば」を歌った、あの声だ。

「お客さま、これにて解散」

その後、いやも応もなかった。あっけにとられた母子を取り囲んで男たちは母子を船長室に続く小部屋に拉致しさった。連行されると、カーキ色の国民服の痩せた男が明石子に向かって、居丈高に一枚の紙切れをつきつけた。

「あなただな、この地図を書いたのは?」

「え、なんのことでしょう」

紙片には煙突が林立し、黒煙を吐いている。

「さあ、心あたりはございませんわ」

横から覗いていた須磨雄が無邪気な声を上げた。

「あ、それはぼくが描いたんだよ」

「え、おまえが?」

と、国民服姿があっけにとられた。

「そうだよ」

「どこで書いた」

「長崎の上野屋旅館で船を待っているあいださ」

明石子は
「この子は汽車に乗ると一人でお絵描きしているのですわ」

それでもまだ疑念が晴れないのか、男は
「ではこの煙突はどこの写生か？」

「八幡製鉄さ。汽車の窓の覆いをおろしなさいといわれたから、煙突しかみえなかったけどね」

それまで黙って坐っていた精悍な私服の男が、

「もういい」と部下にかわった。

「坊やひとつおしえてくれ、これは一体どんなインクで描いたの？　水彩絵具でもないし」

須磨雄は、きょとんとした顔で答えた
「クレヨンに決まっているじゃないか？」

「え、クレヨン」

男が画用紙を太い指でこすった。煙にまじる赤い色が爪の間にこびりついた。

私服は苦笑いをもらした
「そうか、クレヨンかあ」

明石子は憤然と、

「何がおかしいのですか、説明して下さいませんか」

と、くってかかった。

「何をいうか」

と言いつのる部下を制止して、

「お母さん。わたしたちは、この地図があまりに正確で、煙突の数や戦車も実数に近い。それにしては、文字がカナなので、てっきり外国のスパイの手になると踏んだのです。しかもなにを使って描いたのか、どうしてもわからない。よほど特殊なインキで、時間とともに消えるのではないか。万策尽きて全員を呼集して、昨夜と同じテーブルに坐ってもらった。ところが待てどくらせど、あなたがたふたりの席だけいつまでも歯が抜けたようにポツンとあいたままだ。てっきりスパイは姿をくらませたとみた。そこへ飛んで火にいる夏の虫、あなたがたの登場だ。ところがあにはからんや、蓋《ふた》を開けてみたらこの始末、いやあ、一本取られましたなあ」

と、あたまをかいた。それから姿勢を正して、

「わたしは、陸軍少佐本郷義昭である。本日は御苦労であった。疑念は晴れた。退室してくれたまえ」

と、芝居がかりに型どおりの一言、

「そんな自分勝手な」

いいかけた明石子を制して、

「ごもっとも、実は、深夜至急電報が本船に到着しましてね、『昨日午前十時に東京駅を出発した下関行特急1等寝台車で、重大事件突発す。わが小倉市外に建てられる陸軍大兵器製造所の重要機密図が、巧みに奪い取られた』（山中峯太郎『亜細亜の曙』の冒頭）それでてっきり君の絵がそれかと、いやあ最少年のスパイ君、一本取られたよ」

と率直に説明してくれた。いままでの精悍な顔とうって変わって柔和な顔になっている。

それから再び真面目な顔にもどって、

「本日入電の大本営秘密電報によると、ソ連のスターリンは、モンゴル東部のタムスクからサンベース基地まで極秘の鉄路の敷設を開始した。本官は、砂漠に強い水陸両用潜水艇でただちに直行するから、ここで君とわかれなければならないが、運がよければまた会おう」

「はい、了解しました」

「君に拙著を謹呈しよう、渡航証明書によると、本官と似た名前の少年に、いや才能あるスパイの素質に捧げよう」

表紙の真ん中には真っ赤な太陽が昇り、そこに太く『亜細亜の曙』と印刷されている本をとり出した。一番上に著者の名前「山中峯太郎」とあった。

山中は、いや本郷少佐は、白い手袋を掲げて敬礼をした。小さなスパイも背筋をぴんと伸ばして答礼した。

傍らの原田船長は、憮然とした表情ながら船長の威厳を見せて、

「こんなことで入港予定におくれては責任問題です、航海日誌に記録します」

それから二人に向き、

「お客様、ご迷惑をおかけ致しました」

廊下に出ると、暁がおいかけてきて
「勝手なものですね。でも一時は大変だったんですよ。憲兵は犯人を挙げるまでは入港を禁ずると、いきり立っていました」

「あほらし」

と明石子は歯牙にもかけなかった。

須磨雄は日本最年少のスパイに仕立て上げられるところであった。あぶない、あぶない、そしてなんたる豪胆な母だ。

船室に戻ると、明石子はつば広のストロー帽子を脱ぎ、

「須磨雄、よくやったわね、ほめたるわ」

というなり、細い腕を回してわが子をきゅっとだきしめた。ほのかにジャスミンの香りがして、須磨雄は、母親似の長いそりかえった睫毛をつむって、うっとりと目を閉じた。

「あぶないとこやったわ、さあ、その画用紙、お寄越し、あほらしうて、食事なんかしとうもないわ」

という明石子に須磨雄は、蝶々夫人のメニューを指さしながら、無邪気に口をとがらした。

「ぼく、おなかへったよ、今夜は、シャリアピン・ステーキだよ」

「ほなら、ネックレス外して、この真珠、ゲンが悪いわ」

引きちぎるように荒々しく乳房の前から引きちぎった。

そのころはやり出したシャークスキンの水色の縦縞のスカートは、人造繊維ということだが、さらさらとここちよい。須磨雄は、うっとりと目を閉じた。


しかし特高警察の眼力は全く見当はずれとも言えなかった。船には朝日新聞記者ゾルゲの一味とされる尾崎秀実が「支那戦力測定会議」出席のため、密航中だったのだから。

大洋丸一等船室には、甘酸っぱいアヘンの匂いが立ち込め、ジョニーウォーカーの黒が無造作におかれていた。巨大なダブルベッドに無雑作に腰かけた女がパイプをくゆらせている。

ワイシャツのネクタイを緩めながら、がっしりした日本人男性が、薄い一枚の電信用紙を渡した。

「さあ、陸軍参謀本部の議案書だ」

ネイティヴ・アメリカンの血を引くスメードレーは目を丸くして漢字を眺めた。

「でも何て書いてあるの」

「知ってのとおり、東条首相と山本五十六連合艦隊司令長官は意見が合わない。日本軍部は、五カ国石油禁輸による難局を打開するために、北のソ連をめざすのか、南の仏印をめざすのか、建国二〇年のソビエトにとっては死活問題だ。とくに、ヒトラーがポーランドに侵入して以来、下手をすると、スターリンは東の東部戦線と、西のシベリアと二戦線に兵を裂かなければならない」

「それを探りに赤軍第4部は　スパイゾルゲを送り込んだのね、この文書を抜いただけでも、ホツミ、グッジョブ！」

そういうと、厚いくちびるで秀実に口づけした。

dancer at Astria Hotel

神戸を出たときは青い海だったのに、門司で停泊して、東支那海に乗り出し、一夜明けたらみはるかす限り茶色の水だった。揚子江だ。いくら目を凝らしても、対岸は見えない。

飛ぶように赤い帆のジャンクが船体をかすめ、呉淞《ウースン》砲台の大砲に目を瞠っているうちに、大洋丸は砲艦ウエーキの星条旗と英国軍艦ペトレル号のあいだを巧みに舵を操って、出雲の海軍旗のとなり、日本郵船滙《わい》山埠頭に投錨した。幼い日、上海に近づいたこどもたちは、だれしも、揚子江の満々たる川が黄甫江に入りやがて、村々の七重の塔が見え隠れし、ついに日本郵船埠頭に停泊するどきどきする瞬間を忘れることはないだろう。波止場全体を圧する、うわーんという叫びともすすり泣きともつかない声、重みでしなった木の板のタラップの上を喘ぎ喘ぎ上下する苦力《クーリー》の肩には天秤棒が食い込み、褐色の裸の上半身は夕日を受けて汗が滝のようにながれおちた。

群がる苦力の呼び声と歓声の間にソフト帽を振る父がいた。その途端に、銃声が、響いた。便衣隊だった。タラップの上の船客が銃声に驚き、押された女性客が海中に投げ出された。船員が飛び込み救出して事なきを得たが、チャイナ・ドレスがスリットにそってめくれあがり、太股から水がしたたった。おまけにはだけた胸は絹の布地がピッチリと張り付き乳首までくっきりと浮き上がっている。船の舳先には、黒い中国服のテロリストの屍体が浮いていた。

女性にとっての災難はこの次に待っていた。

入国審査で、ショールにくるまって震えている女の差し出したパスポートを一瞥するや、威張りくさった若い係官は、こう叫んだ
「何だ、お前は、日本人か、大和撫子なら大和撫子らしくしろ、日本は一等国民だぞ、それを支那ポコペン、チャンコロの服を着て、恥を知れ、恥を」とむんずと胸をつかんだ。そのとき女はすこしもさわがず、

「わたしは李香蘭でございますわ」

一家は黄包車《ワンポツ》（人力車）で蘇州河の虹口側にあるアスター・ハウスに入った。赤い煉瓦に白の横縞が、こども心に瀟洒な建築だった。村松伸の『上海・都市と建築』によると、一九一

二年竣工、川向こう（蘇州河）の「パレス・ホテルとホテル合戦の覇を競った」とある。パレス・ホテルの隣が父の働く三菱銀行だった。

ホテルのロビーには、青いロングドレスのダンサーが待っていた。明石子が須磨雄の戦車のスケッチを、女にわたした。女が、それをさらにかたわらの大柄の白人に素早く渡すのを須磨雄は見逃さなかった。

夕暮れ、アストリアのダンスホールのおおきな階段のしたで、白人が、さっきのダンサー小川アグネシカを愛撫しているところを見たが、母には告げなかった。ダンサーの遺児、防衛専門家大川和久も男がＣＩＡであると認めている。大川の、あの色白い肌は白系ロシヤ人の血が混じっているに違いない。

明石子と須磨雄が部屋にいると、ドアに軽やかなノックの音がして、川に落ちた女が衣類を着替えて入ってきた、細い腰と豊かな胸のシナ服なのに朱唇から流れ出たのは、流暢な日本語だった。

「アグネスからうけとったわ、明石子さん、ようやったわ」

「須磨雄を褒めたって」

「こんなところにいるのを見られちゃ大変、ごきげんよう」

太股までのぞけるスプリットで白い肌を見せて、廊下を走り去った。

ガーデンブリッジの衝突

目ざめて飛びあがるほどうれしかったのは、上海に来たら買ってあげると父が約束した16インチの自転車が榕樹にたてかけてあったことだ。

須磨雄は、勇躍、やや高いサドルにまたがると朝の外灘《バンド》に走り出した。川沿いを蟻のように苦力が天秤棒の下に痩せさらばえた体を折りまげ、それを蹴散らして西洋人の乗った大型自動車がけたたましく警笛を鳴らして黄包車をおいこしていった。半袖の腕に、Sと刺繍のある白い半袖シャツの須磨雄は派手にハンドルを左右にかしげながら人民の滝に突撃した。

目指すはガーデン・ブリッジ、これは、かつて入院した築地の聖路加病院から見えた勝鬨橋そっくりで、開閉はしなかったが、そのかわりアーチの二つある鉄橋だった。

上海風俗を描いた中国人作家の表現を借りれば「不意に彼の視野に飛び込んで来たのは、きらきらした紗の袖なしを着ただけの、肌までありありと見える流行の装いの下半裸の若い女が、人力車に乗って、あらわな白い片足を高々と上げ、下着もつけていないらしいすがたである」(「矛盾」小野忍訳)

橋の中央に哨舎があり、そこにタータン・チェックのチュニックをはいたスコットランド兵の歩哨が立っていた。対岸から、ストッキングに房を垂らした赤いブレザーの、須磨雄と同じような年恰好の少年が金髪を朝風になびかせながら走ってきた。

金髪の少年に目をとられ、(危ない、このままでは正面衝突だ!)と咄嗟にハンドルを右に切った。同時に、相手の少年も同じ方向にハンドルを切り、あわてて反対に切り直すと、相手もそうして、ついに二人はドスーン、ハンドルを絡ませて橋板にたたきつけられた。衛兵が駆けよってくる。慌てて立ち上がろうとするが、生憎足先がスポークの間に入ってしまってすぐには抜けない。衛兵は、からまるキリギリスのような二人を引き離し、倒れていた二人の少年の尻をポンポンと叩いた。叩かれながら、金髪の少年は青い目をつぶってにやりとしてみせた。そのころには橋の袂のターバンを巻いたシーク人の警官も、外灘側からかけてきた。それをみた白いゲートルの日本陸戦隊の歩哨が、虹口側から肩に銃を抱えて走ってくるではないか。（こりゃまたおしりペンペンだ）須磨雄が肩をすくめると、若い陸戦隊員は、なにを勘違いしたか

「よくやった、大和魂」と須磨雄を激励した。兵士たちは、小さな日英戦争と見たのだ。ぶつかった少年たちは、小さな日英同盟だったのに。

しかしこのところの日中の険悪な情勢では、なにがおこっても不思議ではない。橋の両端から暇を持て余していた苦力やワンポツが蠅のように蝟集しだした。

と、その刹那、

「ダーン！」と一発の銃声、

わっと、人波が散った。

橋の中央に白い中国服の精悍な男が右手に握った短銃を空に向けて放ったのだ。

構えた。

「大変だ、蒋介石の便衣隊」と須磨雄が肩をすくめる。スコットランド兵は剣付きの銃を

その時銃をはなった白服のおとこが、叫んだ。

"Be quiet! We are Japanese crew"

日本の歩哨が、捧げ筒の姿勢をとった。

「はっ」

声の主を熟視すると、なんと大洋丸であった本郷義昭少佐ではないか。

中国服で変装した本郷は、鷹揚に敬礼を返すと、須磨雄にかがみこんで、

「須磨雄君、けがはないかね」

「は、はい」

それをきいてから、今度は金髪の少年に対して、

"Are you all right?"（怪我はなきか）

と流暢な英語で優しくいたわった。

そのとき警笛につづいて、二人の脇に車がタイヤの音をきしませて急停車した。上海に三台しかない大型のパッカードだった。制帽をかぶった中国人の運転手とおとものような女中が降りてくる。右後部座席のウインドウがするすると巻下ろされ、中から少年と同じような金髪の西洋人の女性が、叫んだ。

"Jimmy"

スコットランドの衛兵には舌を出した少年が、はっと首をすくめた。母親とおぼしき西洋婦人が、車から降りてきて、須磨雄に向かって、

"I beg your pardon, my boy"と言った。はじめて聞くコックニイ（ロンドン訛り）だった。パッカードの威力で二人は英軍歩哨からも、無事釈放されると、少年の母は、尻込みする須磨雄をなんとか車に乗せて、明石子も持ち歩いているのとおなじ錫のケースを出して中からアルコールの沁みた脱脂綿を取り出し手早く消毒した。

車は、美しい並木を走り、瀟洒な木造三階建ての洋館についた。

"Jimmy"

少年は名のった。

パッカードが車寄せに入ると、少し年上の黒い制服の少女がドアを開け、応接間でマーキュロを塗られ、また運転手に送られて、ホテルに戻った。

帰路、朝霧の晴れてきた黄甫河には、三カ国の歩哨の祖国、砲艦出雲、英国海軍ペトレル、アメリカ海軍ウエーキの艦橋に、日章旗、イギリス国旗、アメリカ国旗がラッパとともに掲揚された。

それらの旗は、それぞれ自国の少年たちをまもるためのようであった。しかしどこにも晴天白日旗も五星紅旗もなかった。それはあと四年半待たねば上海の町に翻ることはなかった。

アストリアにもどると、心配してポーチで待っていた母が、膝小僧のマーキュロを見て、

「どうしたの、バイキンがはいるわ」

とまたアルコールの脱脂綿が登場した。

その痛みより、須磨雄は（あの子とまた会いたいな）と、衝突相手のことを思った。

夕方になって帰宅した父は、

「便衣隊でも出てきたらどうするのだ」

「みんな、まもってくれたよ」

「みんなとは？」

「ターバンを巻いたシーク人の警官さ、陸戦隊もいたし」

と、須磨雄は少し誇張していった。

「それより本郷少佐がいたよ」

「だれだそれは」

「あのひと、どこにでもいるんやな」

明石子は、そっぽをむいたまま、けろりとして言った。

アマースト・ストリート

黄甫江のほうから濃霧を越えて押し寄せる、渡し舟の汽笛、中国人の叫びで目が覚めた。

蘇州河の上の厚い霧の向こうに屏風のようにそびえるこの強大な建物は何だ。これこそユダヤ財閥サッスーンの建てたマンション、ガーデン・ブリッジの巨大な外壁だった。

黄浦江の霧が霽れるやいなや、須磨雄は、衝突した少年 Jimmy に会うために、ジミーの家をめざした。黄浦江に沿って、右に税関や銀行のたちならぶ外灘《バンド》をはしる。父の働く三菱銀行から、黄浦江を背に Great Western Road に乗り入れた。そこは West への憧れと侵略の導入路でもあった。随分走ってから Columbia road（番禺路）に曲がってみた。はるか前方に大聖堂がそびえている。

マロニエの美しい並木のつらなる Amherst road（アマースト・ロード）に達すると、スエーデン大使館そばにパッカードがとめてあって、制帽をかぶった中国人運転手が丹念に車体を磨いていた。それが、大きな煙突がつき出た三階建のJGの邸宅だった。

「J・G・バラード家を設計したのは、オーストリア＝ハンガリー帝国のスロバキアで、ロシアの捕虜から逃げて、パークホテルを建てているヒューデックという二十代の青年だった。チェコ語ではフヂェッ、同じチェコ人で、広島の産業館を建てたレツルを日本人はレンツェルと呼ぶんでしょう。大きな煙突がついていたでしょ。わたし、そこから父がクリスマスプレゼントをもってくるって夢みていたわ。『サンタクロースなんていないのに』とJ・Gは笑ったけど」（『上海・都市と建築』村松伸、パルコ出版）

玄関脇に、きのうと同じ黒い地味な制服の亜麻色の髪の背の高いひょろひょろした少女が白い小さなエプロンをつけて、巨大なエマイユ（七宝）陶器の花瓶に水をやっていた。須磨雄の自転車を見ると、ポーチごしに暗い廊下に向かってさけぶと、Jimmyが飛び出してきた。

"Suma!"

それからかたわらのエプロンの少女をさして、

"My Jewish nanny"といった。ナニー（乳母）が何をさすか知らなかったが、西洋人のアマのようなものだとわかった。浅黒い血の気の薄い肌にそばかすが散っていたが、おおきな黒い瞳が、外人なのに、東洋人のようにも見えた。

"Name?"と須磨雄は、そばかすの少女にきいた。

"Solge, Sonja Solge"

と少女は言った。

ゾルゲ処刑前二か月。

二日後、須磨雄一家は、アストリア・ホテルに別れを告げて、日本人が多く住む、虹口の東のはじにある東体育会路に向けて、ワンポツといわれる黄包車（人力車）二台に、父ついで母と須磨雄が分乗して出発した。そのときは母はいつも失敗する義侠心を発揮して、いちばん痩せさらばえた老人の車夫を選んだ。コンボイ（隊列）はガーデン・ブリッジ（外白渡橋）を堂々と渡り、ブロードウエイの足元を上海有数の繁華街呉淞路に梶棒をすすめた。同人会病院で左折、北四川路に入った。

「うわあ、三越があるわ、日本語の看板も仰山」と明石子はうれしそうに声を上げた。途端に車夫が「のらくろ」のような黒い野良犬をよけようとしてよろよろとしたかと思うと、梶棒を前に突き出し、明石子と須磨雄は濡れた路上に放り出された。吐血した瀕死の車夫を路上に残し、二人は別のワンポツにのりかえた。パッカードとはずいぶんちがうなあ、須磨雄は思った。虹口河を横浜橋で渡り、福民病院の暗いビルを右にして、しばらく行くと北四川路は大きく左に折れる、T字路を右に行けば住宅街施高塔路《スコットロ》だ。ワンポツは、道なりに左へ、その先の堂々たる丸ビルのようなコンクリートづくりのビルが陸船隊本部で、海軍のような白いスパッツをつけた歩哨が立っていた。緑の芝のひろがる新公園（いま魯迅公園）をぐるりと回り、野外音楽堂の丸屋根のあたりをポプラの並木に沿って行くと今度は陸軍のカーキ色のゲートルの歩哨に守られた一角が一家の上海の住居だった。「四号とはゲンが悪い」というのが、しゃれたアーチ型の玄関に立ったときの母の第一声で、実際そのとおりになったが。ベランダにテーブルを出して一家は紅茶を飲んだ。新公園に新しくできた上海神社のまわりに桜の花が咲きそめ、上海の短い春が来ようとしていた。

自転車に乗ると、須磨雄は腺病質な一人ッ子をかなぐり捨て、元気でやんちゃな少国民になった。中国人のように上半身裸で、烈日の中を自転車に乗った。

「日本人は出て行け」

そんなビラがべたべたと貼られていた。

ある午後、施高塔路大陸新邨《シンソン》の魯迅の家の前まで行って煉瓦塀にお気に入りの自転車をたてかけて、千里愛《チェリー》の内山書店のまえで待っていた。父は東京商大を出てバンドの三菱銀行の外国為替係だった。読書好きで、植民地の少ない本を求めてよく休日には小学生の須磨雄を連れて内山書店をのぞいた。奥に椅子がおかれ、丸坊主の内山は、須磨雄の頭を撫でてくれた。

いまも丁度聖書の読書会が終わったらしく、内山のおじさんを先頭に立てて、上中《しゃんちゅう》（上海中学）の塚田や坂本たちが制服のまま聖書を小脇に階段を駆け下りてきた。

須磨雄はうれしくなって、塚田先輩に、

「遊びに行っていい？」

ときいた。

塚田一家は、豊田紡績の前の豊田佐吉邸に同居している。

「来てもいいけれど、急にどうして」

「先輩の家の近くにイギリス人の友達ができたんだ」

もっとも須磨雄の狙いは、J・Gのママのスコーンと紅茶である。塚本が傍の背の高い中学生に

「へえ、坂本、きみどうする?」

「ぼくは勉強がある、でも東亜同文書院までおともするよ」

と、のちの東大教授の片鱗を見せた。坂本義和の親父は同文書院の先生だ。医者の長男の松井昭も勉強がある。昭の親父は先日この裏の魯迅さんが死んだときに看取ったのだ。領事館の岡宗義の息子で、年下の晴夫（中国文学者）もついてくる、といった。

「お兄ちゃん、わたしも行く」

葉子が母親の顔を見上げながら割り込んで来た。のちに敗戦直後の映画「青い上海」のニューフェイスでデビューするだけあって、まだ少女なのに、親譲りのすらりとした足をしている。

自転車は内山書店にあずけて、子どもたちは、淞滬《しょうこ》鉄路の沿線で陸戦隊の後ろに仮設された木造の高架駅・天通庵站（現虹口足球場）に向かった。須磨雄が父の本棚からもってきた華中鉄道編『江南の旅』によると、「上海北站から呉淞砲台までの沿線一帯は上海戦における激戦地であるだけに、車窓から見る一草一木、土塊にいたるまでわが皇軍兵士の尊い血がにじんでゐる」とある。ガソリンカーに乗り、活気に満ちた上海北站停車場をすぎた。

内山書店物語

内山完造は、一八九七（明治三十）年十二歳の時、松茸の藁づと二つと大枚一円をもたされ、岡山の笠岡駅から大阪のモスリンの問屋へ小僧に出た。商才があったが主人が妄狂いで、欠損つづきだった。十六歳、破格の出世で莨盆と、羽織を与えられた。しかし鰻や天ぷらに眼がなかったので店の金をくすねたのが露見、親元に帰されたりした。主家も何度か傾倒し、転業したりした。内山は、八百屋になりバナナを叩き売り、ついで新聞配達になり、飛田新地の遊郭に入り浸った。

二十八歳のときショール屋の小谷さんという人に不思議な話を聞いた。それは聖天さまのお百度詣りというような信心ではなく、信仰だという。

ある日曜の朝、京都富小路二条下がる京都教会の重い木の扉を押すと、まるで赤坂の名妓萬竜とも思える文金高島田に絣の羽織の女が、熱心に伊藤政義牧師の説教に聞き惚れているではないか。（花甲録51）萬竜とは赤坂の名妓で伊藤博文の女だったが、麻布霊南坂教会の綱島牧師の説教に飜然廓をぬけて、教会に走って当時日本中の関心の的だった。

内山は、そのとき牧師がどういう話をしたか覚えていない。ともかく門を出たとき、象牙の筒に銀のキセル、根付は孔雀石袋、金具は古い刀の目貫で裏に金のはいった煙草入れを腰から引き抜いて富小路の疎水にぽんと投げ捨てた、高瀬船の船頭が奇妙な顔をしたが、スーと脇を漕いでいった。

そんなある日、完造は、牧師に呼ばれて「君はなにになりたいか」と問われ、後先を考えずに、「伝道師になりたい」と答えた。牧師はさすがにあっけにとられ、「商売も正直にやれば大事な仕事だ」と諭し、「ちょうど目薬屋の参天堂が上海で人を求めているからどうかね」

完造はただちに、

「それではやらせていただきます」

と言って、唯一の財産である布団を叩き売り（すぐ叩き売ったり捨てたりする男だ）、一冊の聖書と賛美歌集を求め、それから夜店で内村鑑三「聖書の研究」を一冊一銭で買い、上海に行って、毎朝四時に起きて読んだ。

やがて二年の歳月が流れ、大阪に帰省したときに、牧師は、女が島原から抜け出したいっさいを話して、

「さてこうした彼女であるが、君の義侠心に訴えて一つ結婚してくれまいか」

と頭を下げた。義侠心とは牧師というよりやくざの言い草みたいだ。

女の名を美貴といい、もと伏見の桶屋の娘であったが、父親が相場に手を出して損を重ね、にっちもさっちもいかなくなり、二人の姉妹を祇園に叩き売った。やがて妹は肋炎ではかなくなり、残された美貴は、紅灯の巷に親のためにいったんは身を犠牲にしたが、泥沼に咲いた一輪の花か、ああ、キリストの愛は深く、教会に飛びこんだのである。

「私は言下におひき受けした。一切を神にまかせて生きんとする私である。これも神の導

きであると考えたからである」

完造は、小三峡を越えて、長江沿岸の小都市、南昌から、蘭州へと、貸船で南京虫に悩まされながら、目薬の紙看板を張って歩く。蘭渓で船が颶風に巻きこまれ渦から出られずどんなに舵をとってもきりきり舞うばかりだった。まるで、エドガー・アラン・ポーの「メエルストルムの渦」のような光景である。

完造が、眼薬をもち、小三峡まで行っている間、留守を守る美貴は、路上にアンペラを敷いて、聖書を売った。これが内山書店の始まりである。

内山と、坂本義和の父親義孝（東亜同文書院教員）と古屋孫次郎（中日教会牧師、長男安雄は国際基督教大学教授）たちは「支那事変」真只中の上海の、内山書店の二階でひっそりと聖書を読み続けた。義孝の子義和は一四年十月二日逝去、朝日新聞は十月七日には「一〇代で体験した敗戦を『国家による棄民』と感じ」とあるが、それは観念的思弁ではなくて、このあと一九四七年の蒋介石によって一夜にして上海を追い出された体験があるからである。坂本にはべ平連（ベトナムに平和を！市民連合）誕生直後八・一四のティーチイン出席を頼みに行った。のち、加藤周一を偲ぶシンポジウムであったら、にっこりと笑った。それは丸山門下の碩学のあいさつではなくて、上海の棄民同志の合図だった。

塚本助太郎と豊田佐吉

京都教会牧師館（牧師の生活する教会附属の小さな家）でおこなわれた内山完造・美貴の夫妻の結婚式に立ち会った思い出を、当時主任牧師でのちの同志社総長となる牧野虎次の娘、美和から聞いた事がある。

「わたし、父の横にちょこんと、すわって見ていましたのよ」

この美和が長じて結婚するのが、塚本助太郎であった。

助太郎は、大正八年近江の八幡商業を出て三井物産にはいった。早く一九一八（大正七）年三井物産の支那修業生として、働きつつ北京三井書院にかよった。辛亥革命（一九一二）により革命の機運漲り、北京大学は陳徳秀、胡適を擁し、図書館長李大銙のもとで司書をしていたのが毛沢東という名の額の広い青年だった。

「翌年の五・四運動も北京大学の学生が中心であった」と、助太郎も興奮抑えがたい。その情勢を肌で感じつつ、北京語と京劇に熱中した。

一九二〇年助太郎は重いチフスにかかるが一命を取り留める。この体験で幼時、近江八幡のヴォーリスのもとで学んだキリスト教教育が蘇り、キリスト者として生きる決心を固めた。

そのころ、物産の常務児玉一造と弟利三郎夫妻が北京に見学に来た。利三郎は豊田佐吉の娘婿であり、豊田紡織から発展した豊田自動車の第一代社長となる。

助太郎は児玉から利三郎の案内をたのまれ、揚子江を下って上海にいたった。ここで上海の発展を目のあたりにし、また豊田紡織の活気にうたれ、利三郎に入社希望を申し出、すぐ受け入れられた。住居はジェスフィールド公園に面したドイツ人の豪邸跡で三階建て、階下に豊田佐吉が住んでいた。こうして助太郎は佐吉や娘婿利三郎と苦楽を共にした。佐吉は、一九三〇年名古屋でなくなった。

ところが時代は思わぬほうに向かう。一九三一年上海事件勃発、豊田紡織工場も国民党軍によって焼かれた。助太郎の小さな自伝『大陸にかける虹』を読むと、上海事変のあと、中国人から賠償を要求する技術畑の専務と、東亜同文書院出身で、上海事変後も、日本軍の侵略に反対して、蒋介石への賠償要求をおさえたかった塚本との間で対立があったことが読み取れる。

この年、長男佐助が生まれた。後の日航の名パイロットである。佐助は「おやじはそのあと豊田通商でかならずしも厚遇されなかったんじゃないか」という。教会の外にも嵐が迫りつつあった。時代は、助太郎の危惧を無視して進んだ。一九三一年満州事変、翌三二年第一次上海事変、戦火は中国大陸に広がった。

ときも時、一九三〇年十一月十五日上海総合病院で一人のイギリス人の男の子が誕生した、豊田邸の前に住んでいたイギリス人貿易商バラード家の長男 Jimmy である。

蘇州江は、黄浦江に注ぐ前に大きくぎざぎざの王冠で囲むようにうねっている。王冠に守られて租界があった。梵王停車場の西に上海の天国と地獄といわれる、滬西《こせい》（滬はその地形に由来する上海の古名）とよばれるスラム街と工場地帯がはじまる。鉄路をはさみ東は、上海で最も美しい公園ジェスフィールド公園（兆豊公園、中山公園に包含される）が警官に守られ、駅の西には豊田紡織廠の長い塀があった。

須磨雄たち四人は、東亜同文書院の宿舎に帰る坂本を先頭に、とりあえず、徐家滙停車場までいった。それから **Av.Joffre** の西の延長の **Rockhill avenue** を東にとり、外国弄堂のさきの、**Columbia Road**（番禺路）を通って、見慣れないフランス語標識に首をかしげながら、**Amherst Avenue** に出て、パッカードを発見した時は、思わず四人は駆けだしていた。これだけの道をたどりついたのは、植民地育ちの大胆さと、なんといっても東亜同文書院の宿舎に住んで土地勘のある、坂本のお手柄だった。坂本は、

「もう大丈夫だね」

と、言うといかにも、上海中学生《しゃんちゅう》らしいしっかりした足取りで **Columbia Road** を南洋大学方面にあるいていった。

お仕着せ姿の顔なじみの運転手に案内されて、ポーチに近づくと、黒い制服の少女が、嬉しそうに叫び、少年たちの大西路の旅は終わった。

の運動靴とくらべた。

"J.G.! Your friend!"

少女がポーチごしに暗い廊下に向かってさけぶと、金髪の Jimmy が半ズボンに、あたらしい短靴の音をけたたましくポーチのアーチに反響させながら飛び出してきた。いっぱい靴をもってるんだな、と須磨雄は、自分の名まえがひらがなでかいてある、それでもオニューの運動靴とくらべた。

J・Gと、大聖堂の主任司祭がパリに引き揚げたフランス人から手に入れたパテ製の映写機を使って地下の礼拝堂で上映する古いニュース映画を見に行ったことがあった。イギリスのハリケーン戦闘機が空いっぱいに広がったドイツのドルニエ型戦闘爆撃機の編隊に襲われ、火を噴きながら落ちて行く。ジミーは父に言わないけれど、ドイツのメッサーシュミットのほうが優秀だといった。須磨雄は「零戦もいいぞ」と心で思った。

ジミーは子供部屋に戻って、黒い聖服《キャソック》に着替えて出てくると、須磨雄の手をとって、バスルームの前を通り、あいたドアの中を覗いた。

中で、ソーニャが、エプロンをはずし、お仕着せのボディスを頭から脱ぐところだった。白い痩せっぽちの胸に大きすぎる乳房が見えて、須磨雄は頭がクラクラとした。ソーニャは、化粧台から、ジミーの母の置いていった翡翠《ヒスイ》のブローチをさっと手にし、エプロンのポケットに落としこんだ。J・Gは須磨雄の手を引っぱり、短靴の音をしのばせて、二人はドアを離れた。

須磨雄は、見ては行けないものを二つ見てしまった気がした。ソーニャの裸の乳房と、J・Gの母の大事な翡翠《ヒスイ》をネコババするところを。

ジミーはソーニャに、外灘《バンド》のガーデンブリッジまで送って行ってくれと、命じた。

須磨雄は、黒白のお仕着せからチロル風の農婦のような丈の長いカラフルなダンドルスカートにきかえたソーニャに手をひかれて、大聖堂前の停留所まであるいた。市電はフランス租界から夕方の喧騒のはじまった外灘を、ちんちんと中国人たちを蹴散らしながら埠頭にむかった。上海に驟雨が襲い、蘇州江には、浦東にむかう渡し船の前に中国人の長い行列ができていた。ガーデンブリッジの下では雨に打たれて、舢板《サンパン》が幾重にもひしめきあっていた。

ユダヤ難民収容所

揺籃橋停留所で下りると Jewish Delicatessen と看板を出したソーセージ屋や洋服屋がならぶ通りに出た。通りの突きあたりに高い塀と鉄の門が見える。
"Jewish camp. Behind us Shanghai Prison. Mom died in Rubijanka Prizon. Sonja comes to Shanhai by Chiune's Viza."（ジューイッシュ・キャンプ。うしろが上海拘置所、ママはルビヤンカ拘置所で死んだ。ソーニャ、上海に来た、千畝のヴィザで）
そう言うと胸元から小さなシルバーのロケットを取り出して、パチンと音をさせて開いた。

若い女性の横顔が写っていた。

そのときだけ遠くを見る黒い瞳が大きく見開かれた。

収容所の鉄門に近づくと、同じ年頃の中国人の男の子が寄って来た。黒いぼろぼろのシャツ、ひしゃげた麦わら帽をかぶって、裸足だった。どろだらけの腕に握りしめていた赤いアイスキャンデーを突きだした。

するとソーニャが、

「不要《ぷよ》」と言った。須磨雄がはじめて聞いた上海語である。少年は一瞬やるせないような、哀しそうな顔をして赤いアイスキャンデーを引っこめた。

あちらから日本軍の軍服をきた男がてまねきしていた。

"Diplomat Chiune calling"（千畝所長だわ）

ソーニャは、デリカテッセンの角をまわって走って行った。

少年は、手に残った赤いアイスキャンデーを今度は須磨雄に差し出した。

須磨雄も、ソーニャにまけずに言った。

「不要《プヨ》」（いらないってば）

少年は、上海語で「ツェウエ」（再会、さよなら）と言った。あのとき、少年はあのアイスを売ろうとしたのか呉れようとしたのか、ずっと疑問だった。雨が落ちはじめ、少年は「落雨」

（ロイユ）と上を見た。
上海神社の桜が咲くころ、上海第五国民学校の校門で再会したとき、二人はすぐあのときのことをおもいだしたが、日本人の友達の手前、ふたりとも知らんぷりをした。


ソーニャの父について、すこしずつ聞いたり、その後、じぶんで本を読んで知ったりしたことはこうだった。

あの男は、一八九五年十月四日アゼルバイジャンのバクーに近い油田地帯で生まれた。父親はユダヤ系のドイツ人で、帝政ロシアのお雇い鉱山技師、母がアゼルバイジャン出身のロシア人だった。七人兄弟の五番目であった。三歳でドイツに戻った。

一九一四年第一次世界大戦が始まり、十九歳の彼は、ドイツ軍に志願し、第3近衛野砲連隊学生大隊に入隊した。「西部戦線異状なし」（レマルク）で描かれるフランドル塹壕戦でフランス兵と白兵戦の死闘を潜り抜け、ついで東部戦線に転戦、母の国の帝政ロシア軍と肉弾戦を展開する。右腕に榴弾を受け、ベルリンの病院に移送され、治療、再度東部戦線に派遣され、両足骨折の重症を負った。この負傷で生涯足を引いた。

兵役から戻り、ベルリン大学、そこからキール大学にも通った。ドイツ敗戦直前のキールで、水兵の秘密会を指導していたクルト・ゲルラッハ教授に目をかけられた。とくに教授の妻クリスティアーネから。一九一八年十一月のキール軍港で水兵が反乱、カイゼル・ウィルヘルム二世退位。ドイツ帝国崩壊、社会民主党の政府がうまれた。

一九一八年一月十五日、ユダヤ系ポーランド人、ローザ・ルクセンブルクとリープクネヒト率いる「スパルタクス団」は、「ローテ・ファーネ」（赤旗、新聞名でもある）の旗の下、武装蜂起、義勇軍のフライコールに鎮圧され、ローザとリープクネヒトは、虐殺され、ベルリン・ペルガモンの博物館の前を流れる運河に放り込まれた。須磨雄は東ドイツ時代、そこを歩いた。

これ以降スターリンの一国社会主義対虐殺されたローザ・ルクセンブルクが主張した世界革命路線が対立する。

スパルタクス団は、ドイツ共産党となり、ゾルゲはそこに入党した。ゲルラッハは、アーヘンの工業学校の教師になり、ゾルゲを助手とした。ゾルゲと教授の妻クリスティアーネは学究肌のクルトが書斎にこもるとなりのリビングで愛し合った。それに気付いたゲルラッハは、教え子に妻を譲った。一九二一年五月二人は結婚した。まるで尾崎秀実と兄嫁のように。スパイはハイマート・ロス（故郷喪失）とそしられるが、須磨雄に言わせれば、「ハイラーテン・ロス（結婚失格）」だ。

コミンテルン書記局員ピアトニツキーから声がかかったのは、フランクフルトで開かれたドイツ共産党秘密大会の席上である。十二月十五日には、ゾルゲは、モスクワに行き、コミンテルン本部に入った。まるでマルローの小説のように「わたしは人を愛しにモスクワに行くのではありませんわ」（マルロー「人間の条件」）。クリスティアーネは、モスクワでマルクス・レーニン主義研究所助手となり、ゴーリキー街十番地のコミンテルンの宿舎ホテル・ルックスにゾルゲとともに一九二八年の第六回コミンテルン大会まで居住していた。

男に天職とも言い得るスパイとなる機会を用意したのは、クリスティアーネであった。ロシア人の諜報員、コンスタンチン・ハイロビチ・バーゾフを紹介したのである。バーゾフは、男の情報能力を見抜き、すぐさま赤軍第4本部長ベルジンに引き合わせている。スパイというのは公募はない、コネでリクルートするものらしい。

クリスティアーネは、大酒のみのゾルゲに愛想を尽かし、一九二六年に、大西洋をわたって、アメリカ・マサチューセッツに上陸し、その地で、ジュニア・ハイスクール（中学）のドイツ語教師となって、一代のスパイをドイツ人化するため女体を仕込んだ生涯を終えた。ロシア語を仕込んだのは、これも三つ年上の第二の妻カーチャである。

「ママのなまえは、エカテリーナ・アレキサンドロブナ・マキシモーバ、ドイツ人でロシヤ女王となったエカテリーナと同じ名で、愛称はカーチャ。レニングラードの舞台芸術学校を出た女優よ。カプリで舞台に立っていたけれど恋人が病気で死んだの、モスクワに呼び返され、ロシヤ語の完全でないあの男にロシア語の発声を教える役目だった。そして結婚したの。わたしは、ものごころついたときは、母と引き離されてルビヤンカ強制収容所の孤児院育ち、そこからも追われて、千畝ビザで奉天まで逃れて、それから上海にきたの。ここをたてたユダヤ人カッシーナがJimmyの親を知っていて、Nannyにやとわれたの」

第二章　ZG（時代精神）

大阪朝日新聞記者尾崎秀実は妻英子とともに、一九二八年十一月、上海に向かった。

匯山碼頭《ウイサイド》に龍田丸が接岸したとき立ち上った叫声、歓声、物売りの声、褐色の苦力の肩で揺れる天秤棒、淋漓《りんり》と流れる汗、黄包車《ワンポツ》、あれこそが上海。

それは租界と貧困が生み、世界中から越境者を呼び寄せた渦巻だった。あらゆる種類の貨幣と欲望と犠牲が等価値で並んでいた。長い植民地主義と、剥き出しの帝国主義、地球の他の地域で産み出された革命と流離、亡命と結社が渦を巻いていた。まず男と女、それからなにがどうなったのか、今に至るも説明のつかない国々、バルト三国、バルカン地方、人種も白系ロシア、ユダヤ……、ゾルゲとは何者なのだ、ドイツ人？　ロシア人？　ではヴケリッチは、クロンハウゼンは？　スメードレーは？　目をめぐらせばアメリカ共産党、コミンテルン、ルーズベルト、スターリン、ヒトラー、蔣介石、毛沢東、周恩来、伊藤律、野坂参三、宮城與徳、その中で尾崎秀実だけが岐阜県中津川の苗木藩の国粋主義者で楠木正成の家系を細々と伝え、清水の舞台から上海に飛び込んだ。

迫り来る戦火と逃げ惑う八億の民衆。ＡＢＣＤＥ石油禁輸の鉄の輪が孫悟空の緊箍のようにあたまのまわりをぎりぎりと締め付けるのに、中国侵略をやめようともせず、行き着く先は、国家壊滅のほかないのはわかっていた。問題はそれが三年先か四年先ぐらいの選択肢しかなかった、日本中が呆然と血迷っていた間に、それにひとり立ち向かおうとした尾崎が無謀だったとは言わせない。

支配層は近衛、西園寺を筆頭に、財界、台頭する軍部、必死に耐えるのは、下辺に沖縄、被差別部落、外にコミンテルン、西に人道的キリスト教、仮装人物（または高等遊民）、誰が味方で誰が敵、そもそも国家とは何？　国境とは？　人種とは？　言語とは？　これは皮膚の違いか大陸の違いか、スパイにならないほうがおかしい。そして「レ・ミゼラブル」のシュベールのように執念深く付け狙う特高警察の罠、対する革命政党もスパイと裏切りのるつぼ。

尾崎のつとめる朝日新聞（当時大阪朝日と言った）はデキシー路と徳華西路角の近くにあった。上海国民学校は九つの国民学校、中学校、商業学校、高等女学校が、現在共通の同窓会を形成している。元生徒たちは記憶をもとに一軒一軒詳細な地図を再現した。

尾崎は、昆山路に家を借りた。支局には北四川路の支局から呉淞路を横切って坤山路まで往復したのだろう。上海の小学生、中学生がおもいだして描いた地図を辿ると、上海毎日新聞社の前が陸戦隊虹口分遣隊、同仁会病院（避病院）、天一酒楼　日華旅行社、大阪屋洋品店、上海無線公司、平野ペンキ店、ニコニコ堂、長澤写真店（同窓会の副会長）。一軒だけ中国人商店があってまた隣がカフェ黒猫。

尾崎の血統は年上女

尾崎家は、楠木正成の子孫だかなんだか知らないが、女好きというか、惚れた身内の人妻を攫う血統で、しかもそれは常軌を逸するほどに年の差がある年上の後妻なのだ。血筋を守るとか、処女を尊重する因襲（意識）はないらしい。それは生島治郎にも通じる大陸育ちの特徴であった。愛があればいい、家族制度はなくてもいい、スパイたちが、ゾルゲといいヴケリッチといい、妻へ愛情あふれる手紙を書いたのは、もしかすると神が徒刑の苦しみをまぎらわすために与えた慰めかもしれない。罰と云ってもいい。しかし女はたまったものではない。すでに父は秀実のほかに秀樹（元ペン会長）を妾に産ませた。秀実は実兄の妻を盗った。ゾルゲもヴケリッチもクラウスもそうした。スパイだからか？　それともそういう人間がスパイになるのか。

スパイはもともと他人の秘密を盗むのが好きなんだ。だから他人の妻も平気でとるのだ。これはジョン・ル・カレの主人公の好色ぶりを見てもわかる。

ここに展開する物語は、エンゲルスが『家族・私有財産・国家の起源』で主張した「一夫一妻制などはブルジョワジーの私有財産の遺制である」という意識をうけつぐものか。これは人間の心に宿る、ある深淵あるいは欠落の物語でもある。

秀実の父は飛騨川流域の山懐に囲まれた白川郷に生まれ、もと秀太郎と云ったが、国学に心酔、平田篤胤の考案した秀真文字にあやかって秀真と改名した。水清く、山青き、特高が散々押し付ける風景である。そうかとおもうと相場に手を出し財産を蕩尽しつくし、『新少年』の編集主幹となった。神田で五人の子持ちの女のやりくりする下宿屋の前に住まい、十四歳年上のこの女と出来あった。すでに五人いた子どもは生木を裂かれ、弟のもとに無理にあずけられた。秀真二十六歳、妻四十歳。妻はさらに兄秀波と秀実を儲けた。

秀実が誕生したのは東京の伊皿子で、泉岳寺の近くだった。本籍は小石川の西原町となっているが、ここは五人を押しつけられた父の弟、市三郎の住所で、昭和三年になって秀実が分家してここに本籍を置いたにすぎない。

生後数ヶ月して母に抱かれて、岐阜の白川に戻り、さらに兄を残して母に連れられて台湾にわたった。後年近くの春日井の大学に務めていた須磨雄は、ミズスマシのように少女達が木曽川ですいすいとレガッタのボートを漕でいた美濃加茂を思い出す。

清冽な清流を切って一糸乱れぬオール捌きと揚子江を蛇航するジャンクの帆とのなんという違いか。濁らない真水の日本から濁った濁流の上海にいったものは一生抜け出すことは出来ないのだ。

秀実は小、中学は台北、そこから一高をへて東大法学部に入った。

大学の夏休みに台湾に戻っていた。そのころ台湾に嫁いできた東京育ちの美人八重子が友人と離婚することになって、東京に戻る付き沿いに秀実が当たり、船中で出来あった。八重子が誘惑したのである。秀実は高文（高等文官試験、高級官僚の登竜門）を受ける友人と八重子とで、碓氷峠に引きこもって、勉強したが、八重子はさらにその友人に奔った。

あわれ秀実は高文に落第して、後藤新平の推薦で朝日新聞に入社し、大阪朝日の社会部の記者となった。しかし事件記者に失格して、学芸部に配属されて得意になるが、羽仁五郎はピシリと「それは君の中に学芸部を上とみるアカデミック崇拝の心根が残っている、よくない」とやられている。学芸部の方が格が上だったらしい。そのあと日本放送協会のクラブにいかされている。

そこで、今度は兄の妻の英子と出来た。二人は大久保百人町の日本キリスト教婦人矯風会に駆け込み、その寮に匿われた。

英子は紀伊国屋の書店員となった。

秀実二十六歳、英子二十八歳。獄中書簡『愛情は降る星のごとく』の相手となる英子である。尾崎は逮捕直後、鉄棒で、こてんこてんに拷問されても、決して節を曲げなかった。秀実と英子の関係は、まるで漱石の『行人』の嫂と書き手のようである。どちらも嫂が積極的に秋波を送った。

一九三〇年の一月十日、二人のドイツ人が日本の船で上海に着いた。彼らは、それぞれの本名、リヒアルト・ゾルゲ博士とヴァインガルテンの名の旅券で旅行しており、二人の所在はただちに上海市警察の知るところとなった。

上海に入ったゾルゲは三〇年二月二十三日、三十五歳で、スメードレーにあい、スメードレーは一目ぼれして肉体関係をもった。スメードレー三十八歳。上海は媚薬だ。

蘇州河沿い九江路。四本ある四馬路の二本目にあたり、古本屋街である。その一角の目立たない本屋の扉を押すと、堆《うずたか》く積み上げられた洋書が目に入るより早く、帳場の脇に据えられたドイツのテレフンケンの電気蓄音機の布で覆われた拡声器の前面から流れてくる甘く遣る瀬ない女声が耳朶を打つ。曲は、クルト・ヴァイルで、歌詞はベルトルト・ブレヒトの「三文オペラ」の「モリタート」（マック・ザ・ナイフ）やケストナーの「別れの手紙」だが、この金髪のドイツ女がことさら愛したのはやはりブレヒトの「赤いローザ」であった。裾にまつわりつくタイトなスカート、肩パットの入ったジャケットで、本名はイレーネ・ヴァイデマイアーという。ＺＧ書店は左翼の文献を扱うとともにミュンツェンブルクのネットワークの拠点であった。女はベルリン出身で、留学していた中国人留学生呉国民と結婚、早く一九二六年モスクワに呼ばれ、レポ文書伝達のアジトを作るように命令された。

今日も今日とて「赤いローザ」をディートリッヒ張りの低音で口ずさんでいたところへ、扉が静かに開き、ソフト帽を目深にかぶり、東洋人にしては長身痩躯のこの店では誰も知らない青年が入ってきた。

「ZGですか」

ときいた。そして自分は今日本郵船埠頭に着いた照國丸から来たといって小さな紙片を出した。それは真ん中から二つにちぎられていた　イレーネは、素早くハンドバックからおなじ紙幣を出した。そしてそれがぴたりと合うと白い封筒を手渡した。


のちに須磨雄の義兄となる日本人ドイツ共産党員小栗喬太郎は、照國丸で日本へ帰国の途中、反帝同盟事務局長ミュンツェンベルクの指示でZGを訪れ、日本共産党宮本顕治への資金をうけとった。小栗喬太郎は、無事日本に帰り、二つに裂いた新聞を符牒に浅草橋で宮本顕治に資金を渡した。徳田秋声宅に潜んで左翼活動をおこなったが昭和一九（一九四四）年六月逮捕された。小栗喬太郎の生母、玉の父、漢学者籾山奇季才は、成島柳北に漢文を学び、児玉源太郎に従い、台湾に赴任、台湾日報の編集長になる。籾山の後任が、秀実の父秀真であった。喬太郎は、硯友社の尾崎紅葉の弟子小栗風葉の甥にあたる。

そこへ慌ただしくがっしりした女性が猫のように飛び込んできた。

広い額、ぱっちりした二重の瞼、大きな唇、目鼻立ちがはっきりしていて、大きな声で誰かれなく語りかける人懐っこさ、正月の福笑いをしたら、まゆ毛や鼻が輪郭からはみ出そうだ。女は男の顔を見て、大きな声を上げた。

「ハーイ、ホツミ」

外には蘇州江の水面を掠めて跳ぶ鴎の羽音までが聞こえる。冠生苑レストランで、ゾルゲとスメードレーと三人で大きく回る円形の食卓を囲んで宴を尽くした。

「ここにきたら蘇州江の蟹をたべなければ」というスメードレーの注文を受けて、まだ幼い台湾人の給仕が蒸された上海蟹をささげもってきた。この地に一日の長あるスメードレーが、巧みに長く朱色の箸を操り、蒸しあがってきた上海蟹をほぐした。尾崎は太い指で甲羅の褌をはずし、ぬらぬらする唇でちゅうちゅうとミソを吸ってから老酒の盃を干した。ゾルゲは呆気にとられ、少年給仕楊国光はフィンガーボールをもって佇立している。

アンペラをゆらせて蘇州江からの生暖かい川風が流れ込む茶館で、アグネス・スメードレーと尾崎は、共通の関心事中国の運命について明け方まで話し合った。

二人の異邦人はネイティヴ・アメリカンと楠木正成の子孫であった。気が付くとアンペラのベッドの上にいた。

男の方の下に喘いでいた大きな唇が次第に赤くなってくる。するとその変化に富む顔に彼女を抱いてきたさまざまな人種がうかんでくる。ベルリンで同棲したインドの革命家、ドイツ人、秀実は激しい嫉妬に駆られる。

深いえぐれた二重のまぶた、豊かなまつげ、厚い唇、それこそ大地が育て、彼女の不屈の精神と人を愛する内面が作り出した顔。それを見ようとおもえば、尾崎の訳した『女一人大地を行く』の表紙の顔写真をみればいい。"Daughter of Earth" 何という神話的な称号であろう。序文の支那訳は民国二十年とある。中国語訳者揚銓はその一年前に上海のフランス租界で四人の暗殺者に銃殺されていた。国民党の仕業だ。彼は、宋慶齢と「民権保障連盟」創立者の一人だった。宋慶齢は新聞で訴えた。「誘拐、拷問、暗殺は南京政権の定石である。だが彼が自由主義に捧げた犠牲はわれわれを前進せしめる新たなる闘争となるであろう」

その後、秀実はスメードレーの自伝の訳筆を進めた。叙情的でいながら怒りと反逆心と愛に満ちた何とも形容しがたい文体だった。中でもニューヨークでインド独立運動のメンバーを記録してある黒のノートを守る箇所は力に満ちている。

スメードレーは夜中になると、廊下の格子にすがって真っ暗な廊下を眺める。空想で監獄を抜け出してブロードウエイに出て、階段を上って秘密機関の部屋に忍び込み、黒のノートを探し出して懐に隠し、それから魔法の手品のように地上に逃げ出す。

「やがて私は気がついて鉄格子を握っているのを知ると、それを乱暴に揺すぶるのが常だった。私は今度は拳固を下部に打ち付けた。この強い意力を集中すれば、格子などどうちこわせると信じながら」その後、女看守が「この夜中に何をしているか」と聞く。そこにはアイルランド人の信心深いカトリックの娼婦が収監されている。看守が学問した女であるスメードレーへの憎しみを漲らすと、スメードレーは言う。「どうしてあの女に、学問をしろ、と言わないの」。看守が「おまえは教育を受けてどうする」というと敢然と言ってのける「いつかあなた方キリスト教徒が私たちの種族を滅ぼすために建てた監獄を打ち壊すとき立ち上がれるように教育を受けています」

「おまえも社会主義者か？」

「そうです。しかしそれよりはもう少し進んだ者です」

別の二十歳の赤毛の女囚には私生児の双子がいた。双子が百日咳で入院、病院の入院費に小切手を偽造して逮捕され、外で双子は死んだ。女は号泣した。その日囚人たちも女性看守も黙って彼女を見つめた。彼女は重労働三年の刑に処せられた。

蘇州江の水面を掠めて跳ぶ鴎の鳴き声がまるで船の汽笛のように聞こえる。やがてこの自由主義者が尾崎の下で、ゆっくり目覚めようとしている。

秀実は片肘をついてしっかりした輪郭をなぞる。桃色の肌が目覚め精気に漲って徐々に紅潮してくる。レースのカーテンが川風に揺れ、霧が晴れ、朝日が明るくあたり、アグネスは、まぶしそうに、長いまつげの片目を明けてすぐ真上に男の顔があるのに気づいてびっくりしたように裸の腕を伸ばし、頬を挟むと分厚いくちびるを開いて秀実に激しくキスをした、ぱっと全裸のまま、ベッドからはね起きてカーテンを開け放った、ガーデンブリッジの鉄橋を通して税関の丸屋根が朝日に耀いている。窓を開けると一気に朝の外灘《バンド》の騒音が室内に流れ込んできた。

驚愕の周恩来登場

給仕楊国光は、寝入りばなをレポ役の少女に叩きおこされて、暁暗の蘇州河を自転車に乗って半袖のシャツの背をベルトの外になびかせながら、走っている。周同志から、すぐにこの手紙をフランス租界にとどけよ、と命じられたのである。楊国光の父泰国は、八路軍（中国共産党軍）として蒋介石軍に逮捕されたが、当時は日本の植民地であった台湾うまれのため台湾に強制送還された。生後七カ月の息子国光と母（中国人）は刑務所に収監され、五年後釈放された。

一九三一年九月十八日、中国東北部（満州）に関東軍が侵入した。中国共産党中央は、すぐさま「日本帝国主義の東北三省占領事件に関する宣言」（九月二十日）を発表して、抗日戦線を呼びかけた。コミンテルンもまた「日本の東北占領は反ソ戦争に向かってさらに一歩を進めた」ものと判断、「ソビエト連邦の武装防衛」のスローガンを打ち出した。

しかし、蒋介石は動かなかった。これより前の七月、「外敵を打ち払うにはまず国内を安んぜよ」の方針を打ち出し、抗日を主張する労農紅軍に対する「包囲討伐」に固執した。周恩来は上海を離れて江西省の中華ソビエト区に移ることを決断した。秘密党員張一萍に命じ、上海通信連絡場所を閉鎖、コミンテルン極東ビューローで協力するように言い渡したというのである。

中国革命の指導者周恩来が実はゾルゲと連絡を取り合っていたという研究が上海からあらわれた。二〇〇九年十一月邦訳の楊国光の研究に初めて登場し、ゾルゲ研究としてはロシヤ文書とならんでソ連崩壊後の最新事実である。ただし、戦乱の巷にあった中共特科に情報公開制度がないから、いまのところ真否は確かめ得ない。

楊国光の記録する張一萍の証言

「一九三二年九月末のある日の午後のことでした。周恩来同志は私を伴い、車でフランス租界のとある高級ホテルまで行きました。下車すると、一人の若い外国人が私たちを部屋まで案内してくれました。するとなかから、スーツを着た身だしなみの立派な外国の方が私たちを迎えてくれたのです。一目で、私は董秋斯の家で会ったことのある、あの見知らぬ外国人だと分かりました。

周恩来同志は、

「この方がコミンテルンの指導者ゾルゲ同志である。あなたは、これからは彼の指導のもとで働くのだ」

と、私に紹介しました。次いで周恩来同志は、ゾルゲに、

「あなたの意見を容れて、今日、張一萍同志を連れて参上した。彼女にふさわしい仕事を手配するようお願いします」

と、言いました。

ゾルゲは、とても喜んで、椅子をすすめると、

「ご安心ください。かならず彼女にふさわしい仕事を手配します。ご協力いただき、本当に有難う。まことに恐縮ですが、もう数人寄越してくれませんか」

周恩来同志は、

「承知した、あなたが指名してくれれば、必ずこちらへ寄越すように取り計らいましょう」

と答えた。

するとゾルゲは、丁重に、

「わたしには、中国人のどなたを指名したらよいのか分かりかねます。そこはおまかせ致します」

周恩来同志は賛成の意思表示をして、笑って応じた。

ゾルゲは感謝の言葉を連発、大喜びだった。

周恩来同志が去ると、ゾルゲは二階から、助手の呉照高《ウーツァオカオ》を呼び出し、張一萍を紹介すると、すぐ仕事の話に移った。ゾルゲの命令は、二人が仮の夫婦をよそおって家を借り、機関を作ることだった。

呉照高はドイツ人ワデマイヤーを妻にしていた。

張一萍と呉照高の二人は、さっそく、フランス租界の福開森路（いまの武康路）と路班路（今日の重慶南路）に、それぞれ三階建の洋館を一つずつ借り受け、家具と日用品を取りそろえた。呉照高はゾルゲとほぼ同年輩の三十七、八歳。ドイツ共産党員で、富裕な華僑資本家と云う触れ込みだった。張一萍（文秋）は、湖北省女子師範時代から革命に身を投じ四つの仮名を駆使し、上海虐殺ではジャンクに隠れて脱出している。彼女の二人の娘、思斉《スーチ》と邵華《サオホアー》は、毛沢東の長男と次男の妻となる。文秋は二〇〇二年まで生きながらえ、北京で死去、九十九歳の長寿だった。

周恩来は、このあと上海から香港へ潜行、広東省汕頭《スワトー》から小舟の積み荷の下に身を潜め、大埔を経、厳重な国民党の封鎖線を突破して、福建、永定の遊撃区に入り、ここからさらに永汀を経て、中央革命根拠地瑞金にたどり着いた。その年もすでに暮れようとしていた。『オットーと呼ばれる日本人』を書いた木下順二はこのことにまったくおもいもつかなかった。

五年後の、西安事件時は、楊国光は少年ながら、中共特科の周恩来の密偵役であった。その朝、同盟通信の上海支局長松本重治が、学習院同窓で、福民病院の小児科医長小原直躬と大場鎮の下を朝駆けしたとき、馬丁となって、手綱をとっていた。小原も公卿だったが、松本自身松方正義の二十三人の子のひとりを母にもっていた。

松本は、大場鎮の広い階段の下に蹄を止めると、まさか馬丁が中共特科の密偵とは知らぬから、その朝、浙軍閥の秘書でテニス仲間の喬輔三という男から耳打ちされた特ダネを大いに吹聴した。

〔上海一九三四年十二月七日発同盟〕「確実な筋の報道によれば、洛陽から張学良を同伴西安に到着した蒋介石氏は、国防会議を開催するに決定、西北各地将領に招電を発した。二十八歳ヤング・マーシャルともてはやされた張学良は父張作霖が、日本軍の関東軍によって乗っていた列車を爆破され死んでいるので、張学良は十二日早朝、『敵は本能寺にあり』と蒋介石の旅荘華青池をおそい、拘束した」

轡の手綱を把る少年が、馬耳東風をよそおって聞き耳を立てていようとはつゆしらず、馬の小便に負けぬ大音声で話したことは、周恩来に筒抜けとなった。周恩来は、great westernroad その名も大西路というフランス租界沿いにひそかに設置された中国共産党無電訓練所で報告を聞くや、すぐさま打電、同時に楊に向かって御苦労だが、虹橋の孫文未亡人宋慶麗閣下にお願いして虹橋飛行場で待機するように、と命じた。

東亜航空の腕っこき、民間パイロットながら、人呼んで Japanese Idiana Jones 冒険家加賀飛行隊長とうたわれ、国籍、性別を問わず、冒険と義を見てせざるは勇なきなりの正義漢で知られる日本男児が、一国の命運これにかかると見てとって、ＤＣ３ダコダのエンジンを始動させた。ＤＣ３（ダグラス・コマーシャル３系）は、名前から分かるとおり、アメリカのダグラス社の傑作、戦前最も多く使用された商用旅客機で、また軍用飛行機としても活躍した。ＤＡＣＯＤＡはその英国ライセンス機であり、ジャック・ヒギンズ『鷲は舞い降りた』でチャーチル誘拐作戦を決行するナチス決死隊をイギリスに輸送するのが機体を塗り替えたＲＡＦ（英国空軍）ダコダである。

乗り込んだのは、張学良に監禁された蒋介石を救出せんとする浙江財閥の三姉妹の蒋介石夫人宋美麗、ゆったり同行するのは、姉の孫文未亡人宋慶麗だ。

前方にそんな大物がいるとは知らず、後部座席でわがもの顔に放談するのは同盟上海支局長松本重治に、上海出張中の尾崎秀実である。

「愚公おもうに」と尾崎は大きく出た。

「この際、わが軍は武漢三鎮を攻略すべきと思考する」

このときの尾崎の真意は何ぞ。蒋介石をおいつめて、八路軍に勝利をもたらそうとしたのか、いやいや、尾崎の帝国主義的野望が露呈したのだ、と後世議論を呼ぶ発言ではある。二人が法螺吹くその間にＤＡＣＯＤＡ３は霧の西安空港に滑り込んだ。

南京場外真冬の飛行場に革の飛行服をきてあらわれた宋美麗は、さすが浙江財閥宗家の三姉妹の中でも美貌をうたわれただけあって凛としてあたりを圧した。

釈放要求は華青池の密室で行われたが、青年元帥の面目躍如たるものがある張学良はなかなか、首を縦に振らない。意味ありげな眼で美麗の飛行服のふくらみに見やった。卓のランプがじりじりと燃える音がする。背後の扉が半開きで、張のベッドが見える。隣室には蒋介石が息を殺している。

「わかったわ」

と宋美麗がたちあがり、づかづかと寝室に入ると、革ジャンを放り投げた。あっとおどろく、張学良、真っ白な裸身に目がくらんだ。聞きなれた美麗のよがり声に隣室のさすがの蒋介石も耳を覆った。そのために張は戦後一九六〇年まで台北に幽閉された。釈放論もあったが、宋美麗は頑として肯んじなかった。これを貞女とみるか、傾城とみるか、少年楊のよく判断できるところではなく、ましてや中国国定教科書にも載っていない。載っているのは、「蒋介石はあわてて塀を飛び越し崖の石の下に隠れたが、東北軍に探し出された」

練習問題（中国国定教科書所収）

「なぜ中国共産党は西安事件の平和的解決を主張したのか」

模範解答――。

「毛沢東を中心とする党中央は高遠な志をもって、抗日に有利であり、人民に有利であり、革命に有利であるという条件のもとに西安事件を平和的に解決する方針を打ち出した」（中国の歴史教科書 p188）へえ、わかりいい。

第三章　スパイのリクルート先

銀座教会

ＪＲ目黒駅の西口を出て、北斎が下目黒の富士を描いた行人坂の急坂を下り、明和の大火の死者を葬う大圓寺を過ぎると、雅叙園の右手に日本キリスト教団行人坂教会がある。長くそこの牧師をした伊藤政義は京都教会で牧野のもとで内山完造に洗礼を授けた。

その子義清は、ジャーナリスト志望で筆も立ち、須磨雄をキリスト教に誘った。

「ぼくの伯父に牧師の息子がいた」

と義清が言った。

義清の母は銀座の教会出身である。その牧師には息子が二人いた。

一九〇三年生まれの兄宣教、のちのジョー・コイデは、一九二五年、アメリカ西部の都市デンヴァー・カレッジに留学し、アメリカＹＭＣＡの活動家ベン・チャーリントン教授の指導を受けた。教授は、キリスト教人道主義にたつ社会学を講じ、日本人留学生を引率して、炭坑労働や鉄道建設で中国人や日本人の移民労働者が過酷な労働をしいられていた労働事情を実地に見せた。教授は、戦後ＧＨＱに招かれ、占領下日本の教育改革をすすめ、新制高校の男女共学を推進したが、西からはじめて、茨城まで北上して、赤狩で追われた。だから日本はそこから北は男女別学だった。

「それで君の伯父さんは？」

「教授のすすめでニューヨークの労働学校に送られ、アメリカ共産党日本人部の二代目書記となる、といっても当時の日本人共産党員は、四十五人だ。フィンランド人一六〇〇、ユダヤ人九四〇にくらべれば微々たるものだった」

「それだってすごいね、日本では厳しい治安維持法の嵐が吹き荒れていたんだろう。ドイツで共産党日本支部を結成した国崎定洞のようなものだ」

「五年後の一九三〇年、宣教はアメリカ共産党ブラウダー書記長に腕を買われ、そこからモスクワのレーニン・スクールにおくられた。

小型汽船で大西洋をわたり、ロッテルダム、ベルリン、また船でレニングラードに到着、モスクワ大学即成科でまなぶ。即成といっても日本で名高いクートベ（スターリンによって作られた東方勤労者共産大学）より年限も学習内容も上らしい。その間バクーやグルジアも見て回る。

二九年トロツキーが国外に追放。宣教は一九三三年アメリカに戻り、アメリカ共産党サンフランシスコ支局に属した。そのころコミンテルン執行委員としてアメリカに非合法で入国してきて、日本工作に当たった野坂参三の片腕となった」

「へえ、野坂参三の！」

「同じデンヴァー大学に三重の伊勢湾沿いの白子の水平社員となっていた鬼頭銀一という青年がいた。幼にして、利発な子として知られていたが、家計が苦しく、小学校を卒えると、東京に出て神田の本屋に勤めながら、商業学校を出た。絵画を志し、キリスト教博愛主義の日本力行会に入る。そこには浜松の聖隷福祉事業を立ち上げる長谷川保らがいた。渡米後、共産党に入党、日本人部の初代書記となった。二代目書記をジョーに委ねて、日本へ戻ったと見せて、モスクワにいたことが戦後、コミンテルン秘密文書からあきらかになった」

「コミンテルンの」

「このことは最近では、加藤が強く主張している。一旦、日本帰国、その間にメンバーの国内逃亡を助けて上海に出国したところを逮捕された。懲役一年六ヶ月、執行猶予三年」

「軽いね」

「そうともいえない」

「どういうこと？」

「極刑だ！」

「え」

「鬼頭は一九三三年、神戸でゴム製品の問屋を始めた。一九三七年に南洋のパラオのベリリュー湾海軍基地の建設現場で雑貨屋を開いたが、五月二十四日、突然現れた三十歳ぐらいの男に缶詰のゆであずきをすすめられ、口に入れた途端に苦悶して死んだ。スターリンの手先かCIAの仕業か。ゾルゲ逮捕の二年前」

「伯父さんの運命やいかに?」

「デンバー大学の友人小出禎治の身分証明書を盗み、小出になりすました。スミス法（国人登録法）にたいしても、小出名義の身分証明書で通し、宣教は消えた」

マッカーサーが日本についたときは、海軍少佐の制服で、服部時計店で軍票で買ったラッキーストライクを何カートンもかかえて、コーンパイプを銜えていた。

キャンプ・シュワッブ

名護は遠浅の海だ。沖に白い波が泡立っているのは、その下に珊瑚が繁茂しているのであろう。その環礁が沖縄の陸地を広げた。キラキラ輝く波濤を青年はいつまでも見続けている。これから出かけるカリフォルニヤの海岸もこんなに青いのだろうか、與徳はじっと目を細め、細い目いっぱいに沖縄の潮風と波と風を吸い込んでいる。ここは、それから一〇年も経たぬうちに、浜を変形させるほどの砲弾が降り注ぎ、先頭かけて死んだ海兵隊員の名前をとってその名もキャンプ・シュワッブとかわった。

青年は、一九〇三年（明治三十六）年沖縄の国頭《くにがみ》郡名護村東江《あがりえ》でうまれた。辺野古に近い。宮城は琉球風に「みやぐすく」と呼ぶ。薩摩藩の琉球処分のあとで、一九〇五年父と母、二人の兄と姉は、生後六か月の與徳を祖父母の手にゆだねて、ミンダナオ島に移住したが、サトウキビ栽培に失敗、ハワイを経て、ロサンゼルス郊外で農業を営んでいた。與徳は、沖縄で県立師範学校に入ったが病気に倒れ、一九一九（大正八）年十六歳で父の呼び寄せに従い、シアトル経由で、ロサンゼルスの父の農園についた。

一年後、画家を目指し、サンフランシスコの州立美術学校に入学したが、結核が悪化、転地、サンディエゴ美術学校に転校した。友人たちと「アウル（ふくろう）」と云うレストランを開店、社会問題研究会をつくった。二十二の時、ホテルの経営者の妻で小説家志望だった十九歳の八巻千代と駆け落ちした。與徳がベッドに忘れていたラブレターに惚れたのだ。人目を避けながら千代は懸命に働き、與徳を支えた。ゾルゲ一派は、親分と云い、尾崎と云い、人妻と駆け落ちするのが条件であるのかな。だが、愛はあっても、生活は成り立たず、千代は家を出、與徳は、迫ったが、千代は受け入れなかった。

與徳は「リトルトーキョウ」の北林芳三郎方に下宿した。その妻トモはアメリカ共産党員だった。與徳も時代の風を吸収、トロツキーやバクーニンに親しみ、一九三一年秋アメリカ共産党第13区カルフォルニア支部東洋民族課日本人部に入党した。

穏田の洋裁師

東京・原宿の穏田に、鬱蒼と庭木の生い茂るエルエー洋裁店という木造家屋があった。明治通りを原宿の交差点からはいってすぐのところだが、最近まで、戦前の民家が残るごちゃごちゃした住宅街だった。雪の二・二六から半年後の夏、太平洋問題調査会が開かれ、ヨセミテで尾崎秀実は元老西園寺公望の孫公一《キンカズ》と寝食を共にしている。年末にアメリカ帰りの大柄な女性が二階に住みはじめた。おばちゃんと呼ばれるが五十七歳の洋裁師である。名前を、トモといい、大阪府の堺の女学校を出てから、ロスアンジェルスの北林芳三郎と写真見合いをして（仲人が尾崎の女中だった）、一九二〇年に渡米している。熱心なキリスト教徒で大きな裁ちばさみでジョキジョキと生地を裁断し、注文服を仕上げた。

前の夏頃から、穏田の三辻の角に、胡散臭い男が店の監視を始めていたのを、ここに出入りしていた九津見房子は長い運動歴から気付いた。

岡山の女学校出の房子は、熱心なキリスト教の信徒で、赤瀾会という女性運動を創った。牧師の高田集蔵とのあいだにふたりの子供も生んだが、そのあと共産党の三田村四郎と同棲、別れてから、チェーンブロックの製造工場にはいった。『思想の科学』研究会の牧瀬菊枝が、一筋に生きたおんなの聞書を取っている。

大柄の浴衣と黒ぶちの眼鏡のしゃきっとした女性が、煙草の煙を吹くと、こう話し始めた。

プロレタリアート文学のタカクラ・テルが房子にこう持ちかけた。（タカクラは自分の保釈後三木清を不用意に訪ね、三木逮捕の要因をつくっていた）

「アメリカ共産党から宮城與徳《みやぐすく》という青年が派遣されてくる。宮城はコミンテルンの仕事をする。手伝ってくれないか」

そういったきりテルは顔を出さない。

かわってやってきた宮城は、尾崎の一人娘暢子の絵の先生をすることになった。

宮城は、房子に、「日本の攻撃を南方に向けさせてソビエトをまもるのが僕の仕事だ」と、打ち明けた。房子は、新聞社の若い記者たちとつきあいがあり、労働運動の情報を耳にしていたので、それを宮城に話して聞かせ、宮城は熱心にメモをとった。

「宮城さんはとても静かでじっと人の話を聞き、実によく活動しましたね。関東から大阪に移動した兵員の数、駐屯地の石油の貯蔵量などを調べ上げていました、宮城さんはね、カモフラージュに沖縄で芸者をしていた女をよんで、夫婦を装った。でもなにも云わずに、ときどきふっといなくなる。この芸者は、とても、嫉妬深くこんな生活はたえきれず、(あたりまえよね)、家を出たの。子供がいたけれど、宮城に似ていましたよ」

あるとき宮城は芝の増上寺の前の市電の停留所で、ぽつりと房子にいった。

「ぼくはもうこんなことやめたい。ずっと絵を描いていたい」

房子の話は続く。

「情報局に勤める明峰さんという、秀実のいとこで秘書がいたのよ。津田塾出身、北大教授の娘さんだったが、宮城さんに惚れて、一緒になりたい、と房子に打ちあけたが、房子は宮城の正体を知っているので、伝えなかった。明峰は、その思いを克明に日記に付けていたため、宮城の逮捕により、すべて押さえられ、明峰も逮捕され一年後、拷問で死んだ」

（『九津見房子の暦』）

宮城は、巷間「優柔不断のおとなしい画家タイプ」として紹介されているが、逮捕時の写真を見ると黒い髪が渦巻き、その下に沖縄人らしい太い眉があたりを睥睨し、分厚い唇をした堂々たる偉丈夫である。

一九三三年、三十歳の與徳をだれが日本におくったか。ロイという名の日本人であることはわかっている。しかしその正体は謎である。可能性の高いのはアメリカ共産党書記長矢野勉である。須磨雄がペンクラブの常務理事として仕えた尾崎秀樹は野坂参三だと信じていた。ハワイ生まれの木元伝一だった、というのは、ロシヤの研究ゲオルギエフから聞いたという渡部富哉である。いやいや、ロイはあのジョー小出であり、しかも日本政府のスパイであったというのもある（荒木義周松坂大学教授）。三重生まれの鬼頭銀一だというのが、加藤哲郎である。

だれだかわからぬロイは、與徳に「東京に行け」と命令してこう言った。

「東京に着いたら『ジャパン・アドヴァタイザー』紙に『浮世絵購入したし』の広告が出るのを待て」そしてドル紙幣を一枚渡されて、

「これと一番違いの紙幣を持っている男と会え」

一九三三年十月下旬、與徳は「ぶえのすあいれす」号に乗って横浜に帰着した。時を合わせて、一九三三年十月二十四日横浜に一人の外国人が入港した。男はモスクワからヨーロッパ、大西洋を越えてサンフランシスコにいったん上陸、そこから横浜に着いたリヒアルト・ゾルゲであった。ドイツのフランクフルト紙の特派員の肩書を持つゾルゲがなぜこんな回りくどい経路をとったのかわからない。須磨雄誕生の一年前である。

その年の暮れも押し詰まった十二月六日『ジャパン・アドヴァタイザー』紙に「浮世絵購入したし」の広告が出た。

與徳は神田錦町河岸の広告代理店「一水社」をたずね広告主を聞いた。ヴケリッチという外国人だった。

宮城は指定の日「求む浮世絵」の新聞を握りしめ、上野公園に急いだ。

ヴケリッチは、帝室博物館と道一つへだてた空き地（戦後コルビュジエ設計の西洋美術館が建つ、世界スパイ遺産だ）で一人の背の高い外国人を引き合わせた。以降この男の指示に従うようにと言った。與徳は春まで待って、翌年一九三四年、二人別々に特急つばめに乗って大阪に行った、宮城は、南竜一という名で、大阪朝日新聞社に電話して、尾崎秀実を新聞社にたずねた。それで尾崎の命は決まった。

尾崎の快諾

一九三四年五月、猿沢の池采女の枝垂桜も葉桜にかわったころ、興福寺の築地塀の陰で、スポーティなハイキング姿の長身な外人が、鹿せんべいを一袋買って、鹿の子の斑点を撫でるふりをして周囲を窺っていた。そこにブカブカの中折をかぶった日本人が、覚悟を決めたようにつかつかと近よっていった。

上海から戻って半年、外見には、穏やかな家庭生活を営んでいた。川合貞吉の回想録にのっている写真を見ると、借家だろうが、豪壮な二階建てで、椿が二階の廊下まで大きな花枝を伸ばしている。それは真田幸村が大阪夏の陣で九度山に蟄居していた如くである。その朝、和服にとんびをひっかけ、伊丹線稲野駅から鶴橋さらに大軌にのって、奈良公園をめざしたとき、かれのこころはすでに決まっていた。

其の南竜一なる者は、宮城與徳なる者で、アメリカの共産党員であり、アメリカでコミンテルンの命を受けて日本に派遣されたものであり、其の外人（即ちジョン（ゾルゲ））に私を引き合せるのも其の任務の一つであるんだ、と云ふことも了解することが出来ました。

宮城と会つてからの数日後の昼間、奈良公園内指定の場所で、ゾルゲに再会してから、又一つ大いに日本の情勢に就て手伝つて呉れ、今度は支那ではなくて日本だ。と云ふことで、日本に於ける政治、経済、軍事、其他一般情勢に就ての情報と、夫等の問題に対する私の意見を知らせる、と云ふことの任務を課されたので、私はジョンに協力することを決意し、其の与へられた任務を遂行することを承諾致しました。

尾崎の決断について、東大法学部同期で、戦中大政翼賛会に加入したことをつよく反省し、尾崎の浩瀚な伝記を発表した風間道太郎は、「立話である」ことに疑問を呈している。自分の生涯を危うくする決断をそんなに容易に下せるであろうか、しかも、この時まで、尾崎はゾルゲをジョンという男だ、と信じていた。なるほど疑問はもっともだが、興福寺の築地塀の陰で、ゾルゲの冷徹で酷薄な横顔を認めたとき、尾崎は一気に上海に連れ戻されたのだ。あの民衆の貧困、あの革命への熱気、亜細亜のために命を捧げて悔いはない。台湾で、人となり、中国本土で民衆のエネルギーを見たものにとって、国体や岐阜の青い緑の山なみが何であろう。のちに特高に強要されて書いたふるさと讃美など髪の毛一筋ほどもおもいうかばなかった。

その年の秋になって昭和九（一九三四）年九月九日、朝日新聞は「東亜問題調査会」を設立した。会長朝日主筆緒方竹虎、会員は朝日の論説委員、外務省情報局長、陸海軍の情報将校、三菱の重役、学者では高木八尺だった。一人足りない。尾崎は運営委員に押され、その日のために東京に転勤となる。まるであの男が土俵の組み上がるのを待っていたように。

その日（九月九日）、台風の吹きすさぶ須磨でひとりの男子が誕生した。なかなか乳離れせずに、祖母が、亀の子たわしという奇妙な名の八卦見に聞いたら、母親のおっぱいにすみぬればよろし、と教えたと伝えたが、子供はいっそう泣き叫ぶだけであった。奈良の女高師出の女は、上海生活に疲れると、いつも、一人っ子の手を引いて奈良に戻った。長崎の引き込み線から午後三時に特急「はと」（その頃は関門トンネルが開通していて）に乗り、明け方、終点の神戸駅に着く。眠い目をこすりこすりホームに降りると暁闇にしらじらと六甲の稜線が見えた。橋環状線で鶴橋に出、大軌（今の近鉄）に乗って油坂で降り、猿沢の池のほとりの母の友人の家に行った。ここで肋膜炎にかかり、向こうの部屋でふすま越しに母と友人が、ひそひそ声で「猿沢の鯉の生血を飲ませるといいんとちゃうか」と声を潜めて言うのを聞いて、これは大変なことになった、と思った。

須磨雄は、成人してからクロアチアに行って帰途、名ばかりのオリエント特急に乗ってザグレブからイスタントまで十七時間満員のトルコの帰郷者と立ったまま帰ってきた。ベオグラードにつくとホームに幼い男の子が毛皮の母親に手をひかれて悄然と立っていた。まるで幼い日のヴケリッチ洋のようだ。須磨雄は思わずニコンのシャッターを切った。

作家の池澤夏樹が、最近山崎・ヴケリッチ・洋夫人佳代子をたずねてベオグラード駅の難民テントのレポートを書いている。難民の子はまだ世界に溢れている。

運命の日、九月九日、須磨雄が神戸で産声をあげた日、もうひとりゾルゲ事件の鍵を握った女がひとり横浜に寄港した。アメリカ国籍だが、青い目をした人形ではなかった。ネイティブ・アメリカンを父にもつアグネス・スメードレーは残暑厳しい日本で、大きな帽子をかぶって、桜木町から省電にのり、有楽町でおりて、日劇の隣の軍艦のような外観の朝日新聞を尋ねた。おどろいた尾崎はその日発足した「東亜問題調査会」の会議室から駆け下りて、更に五階のレストラン・アラスカに案内し、眺めのいい窓際に案内した。スメードレーは、帽子を傾けて、眼下の数寄屋橋を往来する人の群れを見て、

「Times Square at Tokyo」

と言った。尾崎は、まだ見ぬタイムズ・ビルを颯爽と上り下りするスメードレーの姿を想像した。

スメードレーは、しっかりした口調で、

「自分はこれから中国に戻り、紅軍地区にはいる、世界の目はそこに集まる」

尾崎は、（そこが私たちの職場よ）といったように聞こえ、スメードレーの日によく焼けた頬に手を当てた。尾崎が、アイスクリームをすすめると、スメードレーは、

「Alaska at Japan」（東京のアラスカね）と軽口を叩き、大の大人が、笑いあった。長い間会わなかった夫婦のように。それが今生の別れになろうとは二人とも思ってもみなかった。

第四章　三流ドイツバーの女

侏儒のベルケオが軒灯を支えている酒樽形の入り口を入ると、おおきな眼をした女給が、「いらっしゃい、おそかったわね」と席をたった。ピエール・ロティは、『お菊さん』の中で日本の女性はみな目が細いと書いている、と漱石は『三四郎』のなかで、指摘しているが、女は、ロティに見せたいようなふっくらした二重瞼だった。席についた三つ揃えの背広の目つきの鋭い外国人が、

「アグネス、あなた、なにのみますか？」ときいた。

アグネスと洋風の源氏名でよばれたが、いかつい顔をしたあきらかに日本女が、

「ゾルゲ、あなたがほしい」

と、しなだれた。昨日の夜アパートでいきなりベッドに押し倒されスカートを探られて、部屋をとびだしたくせに、とカウンターの内側で、店員に化けてグラスを洗っていた鳥居坂署の特高主任Mは、せせらわらった。この夜ゾルゲは長身の外国女性を案内してきた。女給が露骨に男をさそったのは、この女へのあてつけだった。

いいだももにせよ、いくつかの映画にせよ、これまでのゾルゲものを見ると、銀座で酒池肉林の豪華な競演を繰り返しているごとくに描写されているが、コミンテルンの女性監督官は東京に来て、初めてゾルゲの指定したバーに行ったこの夜のことをこう書いている。

そこは下級のドイツ人バーだったので、「帝国ホテルで暮らしている女性であるわたしをかくも下品な酒場に誘うとはなにごとであるか」とプロレタリアート出身らしからぬ叱責をする（プロレタリアートだからかな）。

彼女によると、ゾルゲのアパートはウイスキーグラスひとつなかったそうだ。アル中だからビンからラッパ飲みしていたのだろう。

フィンランド人でありながら、ソ連共産党中央委員まで上りつめ、スターリンの下でコミンテルン創設にかかわった怪物にオットー・クーシネンという男がいる。同じフィンランド女性の妻アノイは、コミンテルンの事務局で働いたにも拘らず、夫を裏切るようにいわれ、後スターリンにより一四年も強制収容所に入れられながら、生き抜いた不死身の女であった。

一九七〇年にアノイは自伝を刊行した。

それによると、「コミンテルンでは内務委員会が最も秘密を握り、夫のオットーとアブラシーモフ、そしてピャトニツキイが三人組だった」

ピャトニツキイもリトアニア人、スターリンはグルジアだから、クレムリンを牛耳っていたのは周辺出身である。唐の宦官とか旧約のエジプトのヨセフとかアメリカのキッシンジャーとか辣腕の政治家ほど異邦人であるのはどうしてだろう。日本は渡来人を除いて、縄文人だか弥生人だから権謀術数にも限度がある。

コミンテルンは予算が公表されないから、各国共産党の指導者をモスクワに呼びつけて金を渡したり、馘にしたり、処刑したり、自由自在である。帳簿がないから、コミンテルンは、銀行総裁には持ち逃げされるわ、多くの資金は皆ねこばばされている。秘密組織は、内部で不正が発生してもそれを公表することができない。なにも公表できないから悪事をはたらいてもばれない。それが秘密組織の最大の欠陥である。わが国の秘密保護法案もそうなるであろう。

アノイの自伝で最も馬鹿にされているのは片山潜で、何の役にもたたなかった、と手きびしい。モスクワに住まわせたら、やがて彼の娘なるものがやってきて同棲したが、後で調べると片山にはそんな娘はいなかった――とあるが、戦後モスクワに招待された石井花子によると、ゾルゲのミュージカルを片山やすという娘と見たと書いてある。オットーは、彼女を公安警察のスパイと踏んだが、それを言うとコミンテルンが、対立するゲーペーウーに踏み込まれるので、黙って日本に帰し、ためにコミンテルンの秘密は、すべて逆に日本の警察に漏れたと書いている。

もっともアノイにかかっては、有名なドイツ国会放火事件でナチスのでっち上げをあばく大演説をしたブルガリアのディミトロフもかたなしで、ドイツ語が下手くそなのでオットーが代筆してディミトロフはそれを読んだだけだそうだ。

コミンテルンの巡察使

コミンテルンの巡察使アノイの回想録は、その結びだけでもいささかの価値がある。

「一九四三年五月、コミンテルンが解体されるということを知り、世界は驚愕した。その報に接して、私はさして驚かなかった。どれほど多くの職員が殺されたか知っていたからである。あまりに多くの有能な人材が命を落としたので、組織としてたちゆかなくなったのだ」

女給花子の母は、はじめ倉敷の医者に嫁いだが、夫が結核に倒れ、三十三で死に別れる。あとには当歳とって八つの男子と六歳の女の子がのこった。母は、二年間貧乏にあえいで、二人の子を育てていたが、どうしても食べていけず、地元の味噌麹商の妾になった。旦那との間に花子が生まれると、籍だけは入れてくれたが、里子に出された。道楽もののくせに金にしわい旦那は、妾を持ち家に住まわせ、旅館をやらせた。花子はそこからときどき本宅にいくが、正妻がいる。いくら母と呼べと責められても「おばあさん」としか口にしなかったから、可愛がられるはずがない。実父も冷酷で、六つになる子が一銭ねだると、土間に蹴落した。

花子が女学校三年になった年、母は天理教の熱心な信者となり、旦那にも薦めた。するとなんと旦那も、妾の宿屋を売り払い、その金で天理教の教会を建て、宣教師となった。

花子と十五違いの異母兄は、宗教心の強い青年だった。図案工で身を建て、社会主義者で、クリスチャンだった。

花子は、岡山医大の看護婦養成所兼産婆学校を卒業、ある内科医のもとで義務年限一杯見習いとなる。そのころ母は、奉公から戻った姉と、倉敷で喫茶店を経営してみたが、これもうまくいかない。店をたたみ、母子三人ばらばらに他人の店で働いていた。

自立をもとめる花子は、父の籍から自分の籍を断固抜き、戸籍上は母の養女となり、三宅姓にもどって、岡山に増田という恋人をのこしたまま、単身上京、銀座の電通通りの裏のカフェ・ラインゴールドで、石井花子の源氏名で女給になった。

「アグネス、わたしの家へいらっしゃい。面白いものを見せましょう」

ゾルゲは、見え透いた手をつかって、ジャーマン・ベーカリーでチョコレートを買って、タクシーを拾った。麻布永坂町のつきあたりの鳥居署を左に曲がり露地のところで車を止めた。

いきなり左ほほを叩かれハッと身がすくんだところをベッドの上にコートを脱ぎ捨てるように放り出された。花子のみせかけの抵抗もそこまでだった。スカートの裾がまくれ上がり、太股どころか割れた尻まで丸見えになった。それを向かいの二階のベランダから特高のMが舌舐めずりしながら見つめていた。最初から露出された性だった。

「ゾルゲはわたしを抱いたままベッドの上に俯伏《うつぶせ》にした。わたしの顔に彼の堅い顎があたり、唇がふれあった。それでもなお、わたしはいくらか抵抗し、血液の国境を逡巡しながら、黙っていた。叫ばなかった。そして恥ずかしさにおののきながら目を閉じた。

わたしが目を開いたとき、わたしはすでに越境者となっていた。わたしの上に注がれている彼の目は優しくうるみ、その口もとにはかすかに笑みをたたえていた。わたしは湧き起こる愛情と信頼に胸ふるわせながら彼に手を差しのべた。鉄壁に思える彼の胸に手を回し、肌にふれ、すべてを忘れた。ゾルゲはやさしくわたしの胸を愛撫し、唇を濡らした。わたしはふたたび目を閉じた。彼の腕に頭を支えられた越境者の血は「恐い！」と言った子供じみた感情をはるか遠くへ押しやっていた」（三宅花子「人間ゾルゲ」）

（この三文小説のような美文は、いかにも当時のカストリ小説の文体をしのばせ、手練のゴーストライターが腕によりをかけたのだろう。瀬戸内寂聴も花子を書こうとして、この虚構の自伝を読んでやめた）

越境する快感に酔いしれたあと、ラインゴールドに出勤しようとベッドの上で目覚めた花子は、襖の間から冷たい風が流れ込んで来たので思わず布団にもぐりこんだ。障子の陰に鳥打帽の男が立っていた。いきなり、

「おまえは日本の国体を知っておるか？　毛唐と一緒になる女は日本人ではない。あんたが何時にきて何時に帰るか、みんなわかっているんだ。ベッドに寝ている格好までここからみえるんだ。フフ、白い尻を丸出しにしやがって」

「キャと」と言いかけた口をがっしりした手でふさがれた。

「毛唐にあんなにやらせて今更いやでもねえだろう」

「あんた誰？」

「ひひひ」と卑屈に笑って
「鳥居坂署の主任さ」

「何よ、おまわりが」

「おまわりで悪かったね、はばかりながらそんじょそこらのおまわりとは違うんだ。外事警察と言って、不良外人のおめつけさ、あんたが、外人専門の女給のようにね」

「何よ、失礼な、警察をよびますよ」

「警察はおれだよ」

と、いうなりMは、派手な布団をはいだ。

「どうだい外人とどちらがいいか、くらべてもらおうか、まんざらではねえんだよ、ほら」

「いや」

「いやなら、あのドイツ野郎にいいつけてもいいんだぜ、警察に訴えてくださいって、あいつは警察にぜったいこないよ、それどころか、風を食らって逃げるにちげえねえ、どうせろくなもんじゃあねえさ」

伊藤律の裏切りや、北林トモの逮捕のずっと前、特高は花子とゾルゲのベッドシーンまで記録しているのである。花子の尻の毛まで知っていて、それでいてそのドイツ人がスパイであることに気づかないはずがあろうか。「もっとも効果的な時点まで泳がされていた」のである。しかしMにいたぶられて、ひとつだけいいこともあった。

特高主任は、花子の体を代償に調書を燃していた。

「お尻まるだしというからには、これは後背位でありましょうぞ」

と、たったいま刷りあがった河出文庫の訳本を見せながら、いかつい顔のケンブリッジ出が講釈すると、脇から楊が目を丸くして、

「イギリス紅楼夢ですね」と調子を合わせた。

「この体位は、いささか加虐的な指向の性癖のおとこがこのむものでありまして」

チョザ・ソーセージの皿の前で三杯目のハーフ&ハーフのグラスを干してから赤い顔で蘊蓄を傾けはじめた。

「え、後背位ってどうやるの？」と白蓮がとぼけた。

「こりゃまたカマトト、手前ここにとりいだしましたるは、不肖拙訳にかかるイギリスは

十八世紀、名だたるポルノ『ファニー・ヒル』の描写をかりますれば」

「え、先生、そんなの訳していらっしゃるの?」

「少々手元不如意になりましてな」

と、宰相御曹司は苦虫をかみつぶしたような顔になり、トンビの袂から文庫を取り出し、朗読を始める。

「女は、長椅子の前にかがんで、顔と手と枕で隠して彼にしたいようにさせる姿勢をして、おとなしく待っていました。彼は激しい突きを繰り返すのをやめず、彼がつくために体を引くと、彼の長い白い杖が泡を吹いて出てくるのが見え、それがまた丘の向こうに隠れました。そうして一図に体を動かしてきたのが目的の状態に彼を持っていき、そのうちにその甘美な内部の動きを感じると同時に彼女もたっている力をなくして長椅子の上に倒れ、こうして二人は長椅子でその喜びを最後まで味わったのでした」(吉田健一訳)

「《そうして一図に体を動かして来たのが目的の状態に彼を持っていき》、とはまたオックスフォード出にしては、えろう、直訳でんな」

と幇間の荷風好みにあわないらしい。

育ちのいい御曹司はそんなことではへこたれず、

「ぼくはケンブリッジです。オックステイル追加、それにハーフ&ハーフもう一杯」

ハウスワイフかオンリーか、仁義なきスパイ

ゾルゲは、逮捕の直前、花子にむかってこういった。

「あなた、ゾルゲなぜ、日本へ来たかわかりますか？　わたし、スターリンと話しました。それでわたしは日本へ来ました。スターリンをあなた知りますか」

「はい、知ります」

ところでなぜ花子のほうも、こんなカタコト日本語を使うのだろうか、これもゴーストライターのテクニックであろうか。

「ゾルゲ何をしましたか？　日本政府が早く負けるようにしました」

「エッ？」

「アメリカと戦争したら、日本勝ちません。あなたのママさん、田舎のあなたの兄さんみんな死にます。あなたの日本のボーイも」

といってから、

「わたし独身の、結婚してもいい日本ボーイさんをあまり知りません」

「どういうこと」

「そう、チョット待って」

ゾルゲは部屋を静かに歩いていたが、つと立ち止まり、

「わたし友だちあります。満鉄嘱託です。ボーイさん、中国のことたくさん知ります。利口です」

「いくつですか」

「四十歳思います。わたしボーイさんに話します、そのひとを日本殺す思いません。あなた、ゾルゲいなくなったらその人と結婚なさい」

スパイたちは、秘密保護のためか、数に限度があるのか、同じ女を回す癖がある。花子は、蒼ざめて、

「いいえ、花子、結婚、いいです。そんなこと思いません」

次に会うと、なんとゾルゲは、けろりとしていってのけた。

「わたし聞いたら、ともだちの尾崎、結婚していました」

信じがたい。尾崎に妻も子もあることもしらずに、ゾルゲはスパイをさせていたのか？　これで見るとゾルゲはまるで戦前の共産党のハウスキーパーのように同志だか女中だかをたらい回ししようとしている。ここから配下のヴケリッチの妻山崎淑子もゾルゲと関係を持っていたという特高の調書が出てくるのだろう。

ヴケリッチ

「帝国館という映画館は幟もひときわ多く、大きく、色取り取りでちょっとしたパレード

ができそうだ。巨大なポスターから「映画の神様」片岡千恵蔵が刀を振りかざし、抗しがたい目でこちらを見ながら、「入れ、入らぬと斬るぞ」と叫んでいるようにみえる。これではグズグズせずに、飛び込むほかかない」（『ポリティカ誌』ブランコ・ヴケリッチ『日本からの手紙』山崎洋訳）

須磨雄が、ブランコ・ヴケリッチの愛人でのちの妻山崎淑子とあったときは、もう九十歳を超えていたが、なお矍鑠としていた。話が篠田正浩の映画「ゾルゲ」に及ぶや、「ブランコと初めて水道橋の能楽堂で出会ったとき洋装でしたの。だって私は、津田塾の学生で、日本女性が和服しか着ないときに洋服でしたから、ブランコ・ヴケリッチは私を見そめたのですのよ。それなのに映画では、赤い振袖姿になっているではありませんか」と女心の機微を垣間見せたものだ。

銀座のワインバーであったとき、このはなしをすると、篠田監督は「そのことは知っていたさ、でも衣装担当の森英恵さんが、監督、ここは和服で行きましょうよ、といったんだ」

歴史は映画で作られる。

淑子が洋服にこだわった真の理由は、別のところにあった。それは日本女性の近代化の象徴だったのである。淑子は、小柄な体に意志の強い顔立ちを保っていたが、スパイの女と批判されながら遺児をまもった凛とした昭和のタイピストの気概を宿していた。須磨雄は水道橋の能楽堂で、長いスカートの膝に修羅物の謡曲本をひろげて、背筋をぴんと伸ばして舞台を見つめる淑子を思い浮かべた。チャリンと音がして、小野小町の亡霊がすり足で登場する。そのとき隣席に人が立つ気配がした。気配に振り仰ぐと、広い額にふちなしメガネ、とがった顎の学者風の男が長い腰をかがめていた。

もっとも、森にはこんな衣裳プランがあった、という説もある。途中まで華やかな色彩にいろどられ、スパイとなってからは黒の基調にかわった、というのである。

しかし、二〇一四年九月ゾルゲの命日を期して開かれた国際シンポジウムに来日した息子の洋から、一九三三年から四〇年までクロアチアの『ポリティカ』紙に寄稿した掲載記事を集めた『日本からの手紙』（未知谷二〇〇七年）を恵贈された。それを読んで淑子が洋装にこだわるもう一つの理由が納得できた。

『日本からの手紙』は、ノモンハン事件の真相を送ったスパイとしての情報と違って、日本文化や風俗を軽妙に綴り、マルコポーロ以来の未知の国日本のベールを脱がそうとした良心的記事である。とりわけ活動写真や浅草の風俗描写が旨い。記事のひとつに「日本人はどちらがお好き、モガか和装か」という洒脱な文章がある。日付は一九三四年九月三十日で、九月九日生まれの須磨雄が、室戸台風で雨戸のかげで泣いていたころと思うと、モガだった母の姿と並んで懐かしい。

文中、女性工場労働者の数字まで引いているのは、この時代のわが国の風俗随筆ではめずらしいのではないか。モガについての風俗的描写も、女性の社会進出と関連させて論じ、セックスアピールにまで言及している。

なぜ日本女性がモダンガールにひきつけられるのか、と問うて、ヴケリッチは明快に、「それはモダンな日本女性が経済生活で担う大きな経済活動にある。工場で働く婦人は約一〇〇万人で、日本経済全体では五〇〇万人を超える婦人が就業している。そのような娘たちの大半は新しい状況のもとでも清純で内気な伝統的な心情を守っている。だがあたらしい役割から来る責任が大きくなった分、それだけ大きな自由を享受すべき必要を感じたものも多いのである。

日本社会の近代化は主婦にも及んでいる。今日、日本の夫たちは妻に対し、読み書きができ、(日本の文字は三〇〇〇以上あることをわすれてはならない)、優雅であり、少しは西洋料理もできる等々、その母親の時代には思いもよらなかったことを求めている。ここにも日本の娘たちが日々、近代化してゆく第三の理由がある。若い世代の日本男性自身、父たちとは違い、モダンガールのほうを好むようになってきた。モダンであるほうが日本女性のセックスアピールは増すのだ」

草葉の陰で淑子は愛する息子の訳した、日本女性に寄せる夫の文を、自分への応援歌として読んだろう。もっともフランス記者ローベル・ギランは、ヴケリッチの暗号名 gigolo (若いツバメ) を淑子は知って怒った、と書いている。暗号名を知っていたとは、ギランはヴケリッチがスパイとわかっていたのだ。

ブランコ・ヴケリッチは一九〇四年、オーストリア＝ハンガリー帝国の一部だったクロアチア地方のオシエクで誕生した。父は、帝国の陸軍中佐で、ブタペストなど兵営の町を転々とする。第一次大戦で、オーストリア帝国は敗北、解体される。フランクは、移り住んだザグレブで、ボズニワの青年革命家アリヤギッチの処刑に接するや、熱烈な祖国愛（クロアチア）と革命に目覚めた。建築やデザインに惹かれ、一九二四年チェコのブルノの大学建築科に籍を置いたが、一家は、厳しい警察の監視を逃れ、パリに移り、ブランコはソルボンヌの法学部に入学した。

バカンスにおとずれたノルマンディの海岸でこれまた年上の、金髪の、デンマーク女性エディット・オルセンを知った。エディットは出稼ぎ中のお手伝いだった。パリにもどり、エディットが働いてヴケリッチを支えるうち、エディットは妊娠、故郷にもどり出産した。ヴケリッチは、ソルボンヌ（パリ大学）を卒業、ジェネラル・エレクトリックに務めたが、ジャーナリストへの夢去りがたく、新聞社に就職、兵役でザグレブへ戻るが、兵営でデモを組織、追放され、ふたたびパリへ出た。再会したエディットから、

「プロテスタントの土地デンマークでは父無し子を産んでは生きていけない、あとで離婚してもいいからいったんは籍に入れて」と泣きつかれて結婚した。一子ポールとパリに戻り、

親子三人の生活。

　これでみると、ゾルゲも尾崎もヴケリッチも、女性遍歴の中で、みなはるかに年上の女と結婚している。スパイが、なぜ野球選手と同様、年上コンプレックスかわからないが、依存心と韜晦《とうかい》趣味ではないか。

　結婚しても祖国革命の志忘れがたく、一九三二年共産党に入党、ここでゾルゲ、尾崎同様、年上妻がイキてくる。エディットは体操学校を出ていたので、日本人大好きのデンマーク体操教師の免状をとった。最近洋は、母校玉川学園の創設者小原國芳の手になる推薦文を発掘した。

　ブランコは、フランスの写真誌『ヴュ』に入社、さらにフランスの通信社、ユーゴのアヴァス通信社を狙うが、かなわず、夕刊紙『ポリティカ』記者の肩書を手に入れ、スパイと二股かけて東京に赴任し、その後フランスのアバス通信に転じた。オフィスは銀座の電通八階で支局長ギランは独ソ戦開始当日、ここでゾルゲにあった。ＡＰ、ＵＰなどの外人記者と広い道を信号無視で横切って、ラインゴールドに繰り出した。そこに花子がいた。

　ブランコはエディットと四谷左内坂上の木造二階屋に引っ越した。そこが世紀のスクープの無線の発信所と写真の複写場所となった。エディットは、夫のスパイ行為によく協力した。ソ連は、戦後エディットに五〇〇〇ドル、ゾルゲに一〇〇〇〇ドルわたした（ウィロビーp.69）。

淑子は、元々熱心なプロテスタントだったが、結婚式は、御茶ノ水のロシア正教のニコライ堂で挙げている。エディットは、最初の約束に従って離婚した。これがエディットとその子ポールの命を助けた。ヴケリッチの逮捕直前、危機を察したデンマーク大使が二人を脱出させたのである。

ゾルゲはブランコ・ヴケリッチにわたせ、と無線技士クラウゼンに五〇〇米ドルを支給したが、クラウゼンはネコババした。それを知ったブランコはかれと大喧嘩している。

ゾルゲのお手当をネコババした通信士マックス・クラウゼンは、一八九九年ドイツのシュレスヴィヒ・ホルシュタイン沿岸の島の自転車修理工の子として生まれた。この名を持つドイツ戦艦は一九三九年ダンチッヒ攻撃、第二次世界対戦がはじまることとなる。

早く母を亡くし、鍛冶屋に徒弟に出されたクラウゼンは第一次大戦でドイツ軍に召集され、ドイツ陸軍通信隊に入隊し、モールス信号を覚えている。除隊後ドイツ共産党ハンブルク細胞、コミンテルンに要員としてモスクワに呼ばれ、トーマス・マンの小説を持ってモスクワに行った。読書のためでなく、モスクワの宛先が暗号で書かれていた。なんとまあ、絵で書いたような手口。通信隊に配属、一ヶ月の特訓の後、赤軍の第四本部長ベルゼンから上海派遣を命じられた。

クラウゼンは上海のパレス・ホテルに行き、毎週木曜に"The Shanghai Times"をもってパイプをくゆらせている男と会った。嫌煙家ではスパイになれない。

パレス・ホテルは須磨雄の父の銀行の隣にあり、父に連れられてよくいった。最上階のレストランから真下にドッグレース場が見え、犬が走っていた。スパイもドッグレースをやるんだ。

クラウゼンは、上海の日本人居留区虹口に下宿した。屋根裏部屋に、夫と死別したフィンランド人で、白系ユダヤ難民の、看護婦アンナ・ワレニウスがいた。アンナはボルシェビズムがきらいだったといわれるが、コミンテルンの女たちは、周辺衛星国から徴用されたのだろう。アンナは難民収容所のソーニャに何くれとなくユダヤ菓子を恵んだらしい。

クラウゼンは、不承不承、ゾルゲに従っていたが、商才があった。

一九三七（昭和十二）年夏、カモフラージュのために八重洲口に青写真複写機製造販売会社を設立した。翌年四月には新橋烏森に移転するほど商売は繁盛し、さらに一九三九年には麻布に工場進出した。従業員一四人、取引先は海軍省だから、海軍の秘密はいくらでもコピー出来た。

一九三八年五月十八日、東京明石の聖路加国際病院で、須磨雄は、二種類の血の塊を見た。ひとつは、午後摘出手術をうけたばかりのアデノイドの肉塊であり、もう一つは、深夜午前二時オートバイが、転倒、重傷を負ったドイツ人のグシャグシャになった下肢であった。

ドクターは皿の上に乗ったあんころモチのような白い塊を、

「ほら、うまくとれたよ」とつついたが、須磨雄は、見るのもこりごりだった。

そこへ緊急処置室に、血まみれズボンの大柄な外人が担架で運ばれてきた。ゾルゲが、無線士クラウゼンに渡そうと、深夜オートバイで午前二時に霊南坂の坂を全速力で疾走し大事故を起こすほど緊急だった情報は、「参謀本部が対ソ戦に向けて、軍事的相互援助条約締結をドイツの大使館付陸軍武官大島（のち駐独大使）に訓令した」秘密だった。

ベッドわきに病院付き司祭ポール・ラッシュが呼ばれたのは、通訳要員としてか、臨終まぢかと診断されたのか、それとも、のちＧＨＱ情報局長ウイロビー准将の辣腕日本課長として活躍するラッシュには、このときすでにある任務があったのか、須磨雄は、知るよしもなかった。

あわただしく白い制服のナースが行き交い、須磨雄はあけられたままのドアから直接、外に出ると、隅田川越しに月光に照らされた勝鬨橋が見えた。

翌朝、緊急処置室は大騒ぎだった。

ドイツ人の大怪我に手をとられ、手術直後の小児患者が、影も形もなくなっていることに気付いたのは、夜も白々と明けてからだった。昼過ぎのんびりと、自宅から報告に現れた明石子の顔を見て、尾崎洪庵の孫で温厚で知られる安雄も、さすがに「朝から病院中で大騒ぎだったんですよ」と、それでも、ほっとした表情でむかえた。

それいらい須磨雄は、お出入り禁止になった。

少年探偵団脱走第一回。

おもいだす、一九七一年金大中が、東京飯田橋のホテルから拉致された直後、須磨雄はソウルに釈放を要求して潜入した。釈放嘆願書を薄紙にハングルで書いてもらい、薄く折りたたんで靴の中に隠した。ソウルに入り、街のゼロックス店をさがしたが、まだ普及していない。困り果てて盛り場を歩いていると、建築会社用の青写真屋が見えた。そこに飛びこんで複写を頼んだ、若い女性が複写を始めると、奥から初老の店主が出てきて、内容を覗くや、顔色をかえてひったくった。「しまった、ばれたか」と思ったら、店主は、娘を奥に追いやり、自分自身でコピーをとってくれた。須磨雄はそれを手に眼の前の政府政庁（元の朝鮮総督府）に無断で入り込み、金鐘泌首相の特別秘書にわたし、身分を聞かれて、日本の市民代表だ、とけむに巻き、さらに各新聞社に届け、最後に軟禁中の東大門の金大中の私邸に駆け込んだ。

その夜東急ホテルにＫＣＩＡがきた。ドアの外で待たせて青焼きをトイレで焼こうとしたが湿っていてくすぶった。一階上がディスコでボーイがどうしたとかけこんで来た。翌日八時須磨雄は国外退去となった。タクシーに飛び乗り、韓河沿いの道路を走っていると、突然停止して「ガス欠」と手ぶりでいう。八時の離陸に間にあわない、黒塗りのベンツが横付けして「どちらへ、そうですか、おりよく空港に行くからおのりください」。地獄にＫＣＩＡ

とは、このことか、と空港に来てみると、ターミナルを横目にそのまま軍用門をはいり、気がつくと日航のタラップの下にいた。入管も何もない。漫画家のサトウサンペイが「小中、大中にあいにゆく」４コマ漫画を描いた、人の気も知らないで。

マックスの青焼き屋があれば、あんな苦労をしないで済んだのに。それとも死刑になっていたかな。

見逃された無線機の不思議

ヴケリッチは、妻エディットと住んでいた広尾の木造の二階に室内アンテナを張り巡らし暗号発信に使った。使用後分解し、黒いトランクに入れて、山崎淑子の家に持ち帰った。

特高警察は、十月十八日、ヴケリッチ逮捕の際、クラウゼンが残した無電器を引っ張り出して、

「これは何だね」と聞いておきながら、淑子が、

「さあ、機械のことは一向に」

と、答えると、リヤカー二台分の押収品目に加えず引き上げ、淑子は、咄嗟に犬小屋に隠し、あわてて戻ってきた捜査官が

「さっき奥さんに聞いたへんてこな道具をどこへやったか」

と探し回るのに、

「知りませんわ」の一点張りで、この無線機は遂に押収をまぬかれた。スパイを逮捕に来て無線機を見逃すとは。特高は、重臣たちとつながる尾崎、ソルゲを挙げればよく、ヴケリッチ、北林は、証拠もとらずに獄中で殺した。

西園寺公一事務所

公一《キンカズ》は元老西園寺公望《キンモチ》の孫である。公望は静岡県興津に豪壮な別荘坐漁荘を構え、大物政治家を呼びつけて、日本の政治を牛耳ったが、文人趣味が高じ、「雨声会」と称して鴎外、藤村らと交わった中に、紅葉の硯友社の四天王小栗風葉がいる。風葉は郷里知多半島の名産このわたを送り、公望は達筆の礼状を送った。愚妻が風葉の姪で、「新鮮絶佳」と激賞した書簡が保存されていた。本書執筆中、披見する機会を得た。公望はフランス留学中、パリ・コミューンに遭遇、バリケードで革命軍に「シトワイヤン」と呼びかけた。公望公もこのわただけで満足していれば、孫公一《キンカズ》の廃嫡に至らずにすんだものを。

満鉄ビル公一の事務所である。

「貴公、大丈夫か。書いたり、しゃべったり、近頃だいぶ活躍のようだが」

と、西園寺公一がたずねた。なかばは案じ、なかばはそのときの話のはずみから出たものだった。

目撃者の手記。

〈それは、私も日頃から思わぬではなかった。最近の尾崎さんの論調には、どこか危なっかしいところがある。しかもこの人にはかつて警察にあげられたといった経験がない。しかし、尾崎は、それをきくと、ピクと特徴のある眉を動かし、

「オレ？　オレは大丈夫サ！」

そして、肩をそびやかせるようにして、

「しかし、なんだぜ、日本にも大掛りなコンツエントラチオーン・ラーゲル（その頃、ナチスのつくった強制収容所）ができてるというから、そうなればわからんがネ」

と、わらいながら答えた、ラーゲル、何するものぞ。そこには尾崎さんの昂然とした自信が感じられた。

西園寺公一も、つりこまれて、肩をゆすってわらいながら、

「もっとも貴公のエネルギーにあっちゃかなわん。なにしろ、貴公は、きこえたホルモンタンクじゃから」（「現代史資料」月報第2回配本「ゾルゲ事件」附録　高田爾郎）

一九四一年六月二十二日、ヒトラーの軍隊三百万がバルト海から黒海にわたる戦線でソビエトに侵入した。

クレムリン発電報　No.6058/6897
モスクワ発東京宛一九四一年六月二十三日（独ソ戦開始の翌日）
「ドイツの対ソビエト戦争に関して、日本政府の立場についての情報を報告せよ」
三日後、
東京宛　インソン（ラムゼイ）同志へ
一九四一年六月二十六日
「ソビエトとドイツの戦争に関して、我が国について日本政府がどんな決定をとったか報告せよ。我が国の国境への軍隊の移動について報告せよ」

軍部も、ソ連の電報が頭上を超えて飛び交っていることは捕捉していたが、やんぬるかな、暗号が解読できない。ソ連は、一電信ごとに使用済みの解読表を破棄するシステムなのである。ただしゾルゲが逮捕されたのち、暗号表を入手してから、解読したものは残っている。以下がそれである。後の祭りというべきであろう。

独ソ戦ニ関連シ日本政府ハ我ガ国ニ対シ如何ナル決議ヲセシヤ通報セラレ度シ、又我ガ国境ヘノ軍隊移駐ニ関シ通報相成度。ディレクター。

それから数日後、元老西園寺公望《キンモチ》の孫公一《キンカズ》が洩らした。虎ノ門の満鉄ビルの食堂亜細亜である。

「貴公は、御前会議というものは、陛下が堂々と臣下のまえで御考えを開陳なされるものと思っておられぬか？　とんでもない。陛下の御前でテンデンバラバラ臣下が会議をするから御前会議。天皇は聞くだけなんだ」

と、公一は机上の通達をすべらしてよこした。

七月二日宮中東一ノ間で御前会議の告知である。

「会議名　情勢ノ推移ニ伴ウ帝国国策要綱

天皇の御前に座すもの近衛文麿首相、東条英機陸相、松岡外相、統率部から杉山元《はじめ》参謀総長、永野修身《おしみ》軍令部総長、原嘉道《よしみち》枢密院議長」

そして遂に、悲劇の（日本国にとって、そして尾崎とゾルゲにとっての）日が来た。

問題の御前会議の決定。

「南方進出ノ歩ヲ進メ、又情勢ノ推移ニ応ジ北方問題ヲ解決ス」

二股をかけた。

御前会議の決定をつかんだ朝日新聞の田中慎二郎政治経済部長もそうおもったので、様子を聞きに来た朝日同期の尾崎に玄関先の立ち話で教えた。

尾崎はそれを満鉄東京支社調査室（のアメリカ大使館の前の専売公社のビル）でか、あるいは尾崎の事務室が六階にあったので。同じ階の食堂「亜細亜」でか、西園寺公一にウラをとった。

西園寺はあっけらかんと言う。

「尾崎に対して秘密はなかったよ」

西園寺公一《キンカズ》は、開戦後一九四二（昭和十七）年、築地明石町の自宅へ戻ろうと旅先から新橋駅に降りたところを逮捕された。翌十八年十一月二十九日、尾崎の死刑判決の二ヵ月後、懲役二年六ヶ月、執行猶予二年。公一の役目はもう一度くる。

窃視の連鎖

覗く女に覗かれる。

上には上がいるものだ。ゾルゲと花子の痴戯を特高Mの手引きで覗くのは、なんとドイツ大使オットーの妻ヘルマであった。ヘルマとゾルゲは、青春の日々、青年共産主義の同盟として、女子学生と帰還兵のころの愛人だった。その後、建築家と結婚、離婚、陸軍諜報部のオイゲン・オットーと再婚して日本に来て、ゾルゲと再会、すぐに焼けぼっくいに火がついた。二人は麻布のドイツ大使館の前の有栖川邸のひろい庭の銀杏の木の下で逢曳した。同じころオットー大使が大使館のハーピスト、エタ・シュナイダーの魔女のような金髪に惚れて、こともあろうに大使館の応接間でハープの琴線をかき鳴らすのを、ヘルマが見てしまった。さらにあろうことかゾルゲまでエタを永坂の自宅に連れ込んだ。

それを察知したヘルマは、かつて学んだ尾行テクニックを発揮した。煽ったのは、花子を監視していたMである。ゾルゲのいいところを見せてあげようと、向かいの二階家の張番スポットに連れ込んだ。手をとるように目の下で繰り広げられる乱れる金髪に傷のある裸の肩が上下するのを見たヘルマは、カッと頭に血がのぼった。

嫉妬と愛欲に乱れたヘルマは、エタが去ったあとに乗り込んでゾルゲのベッドの上で攻めた。向かいのカーテンに映るシルエットのダンスを花子は血の涙を流して覗いていた。

ゾルゲも全く同じ情報を松岡外相、オットー大使からヘルマの流れで掴んでいた。

打電直前、ゾルゲは尾崎に覚悟を問うた。

「聖書の『ヨハネの黙示録』は君でも知っているだろう。アポカリプス（黙示）というのは隠されている秘密を神が明かす意味だ。キリストの死とともに退治された龍が、千年の後解放され諸国の民ゴマとマコクを争わせる。ゴマは天から下ってきて彼らを焼き尽くす。ウラン爆弾はあと三年のうちに完成し、天から降ってくるだろう。

今は、その前夜だ。ぼくらの電文で、スターリンはシベリアの軍隊を東部戦争に転戦させる。ヒトラーは壊滅する。ヒトラーは自ら命を絶つだろう、第三帝国と大日本帝国は火口に呑み込まれ、運命をともにするだろう。往生際わるく悪あがきしたら、天から激しい火が落ちてくる。この電報を打電した暁には、君やぼくはおそらく生きて相まみえることはない。

南進してゆくゴマは日本だ。北を攻めるマコクはドイツだ。

ゴマとマコクは滅び、あとにはアメリカとソビエトと中国共産党が残るだろう。そして千年をまたず、龍は原子力潜水艦となって千メートルの海底に潜み、鷲は大陸間弾道弾となって空を切り裂く。

その暁には、テロルと国家の死闘だ。共産主義は消え去り、自由主義も消滅し、マルクス死し、リベラル無力、国体も国境もない、国家さえ死滅する後に来るのは、多国籍企業とテロルとの闘争だ。生きるのは国家に浸透するアミーバのような殺人集団だ。おれたちは二十世紀の幕を閉じる」

荒野の四十日の断食をおえたイエスにサタンが来ていった。

「お前が神の子なら、この高い屋根から飛び降りてみよ」

危うし尾崎、重臣をためし、近衛をためす心なしとせんか、ここまで情報を洩らしたとて、俺は近衛のブレーンだ、そしてここでスターリンをも試すのだ。このとき尾崎の心に、神ならぬ身、一瞬の倨傲がなかったとは言わせない。

そして第二次世界大戦中、イギリスのフィルビーに匹敵する世紀のスパイ行為が今完結しようとしている。

七月十日、ゾルゲの指示により、一通の電文をついにクラウゼンの無線機が発信した。

「インベスト筋によると、御前会議にて対サイゴン（インドシナ半島）の軍事行動計画は変更しないことが決定された。赤軍が敗退した場合には、対ソビエト行動を準備することも決定された」

逮捕の朝、カラスの大群

一九四一年十月十五日朝七時、尾崎暢子が目黒区下目黒五丁目一四三五（現五本木一―三七―六）の高台の家から世田谷区上馬青山師範附属小学校に登校しようと、玄関を開けると、西方浄土の方角にあたる祐天寺の大屋根の上に無数の烏の大群が乱舞していた。

「あら、けさにかぎって、どうしたのかしら、カラスがあんなに」

そのままふと下を見ると、黒塗りの車が三台目黒高女から降りてくるのが見えたがそのまま姿が消えた。

三〇分後、十数名の屈強の私服に囲まれ、手錠をかけられ、ガタピシするシボレーに押し込められて目黒警察に向かう時、秀実の目に映じたものは、色づき始めた楓の大木に囲まれた目黒高女の木造の正門であった。

娘暢子は青山師範付属小学校（それは二カ月後の太平洋戦争開始とともに国民学校となまえをかえさせられるのだが）の六年生であった。

近くの武田泰淳が生け垣と表札をみて、尾崎秀実とわかったと書いているから、当時から彼の名は支那通の間では知られていたのだ。武田の家は須磨雄の通う中目黒教会の真上にあった。

二週間、目黒署で特高の拷問に痛めつけられたあと、西巣鴨の東京拘置所に移され、許可されて（もちろん検閲づきで）書いた手紙には荷物の整理に次いで指示されている。


暢子の学校は電車の便よき官公立の学校を第一志望とされよ、目黒［府立目黒高女］もわるくないが、近所のうわさいかが。

暢子よ、どんなにくるしいことがあってもいつも元気で、おかあさんのいうことをきいて。十一月七日

父は、娘の受験のことを青山師範の担任に依頼したかったが、家族以外の通信はゆるされない。本田訓導は、父の逮捕が一年半後に大々的に公表された後も、教え子をかわらず支え続け、暢子は志望通り駒沢通りの祐天寺の近くの新制目黒高校一年生になった。同学年にのちの作家向田邦子がいた。須磨雄もまた、近くの都立大学附属高等学校に入った。目黒高校

に上海で一緒だった女子が入学していた。その子は暢子の住んでいた呉松路から通ってきていた。なんだかその人が暢子のような気がした。須磨雄の娘も、暢子の三二年後、青山師範付属（現学芸大附属）小学校を卒業した。

宮城は十月十日逮捕された。築地署の窓から飛び降りようとしたが、咄嗟に連行中の刑事が一緒に飛びおり、彼は死ねなかった。自殺に失敗したことで、かれの自制のタガが外れ、自白した。

北林トモは、前年の昭和十四年、夫芳三郎と郷里和歌山に帰郷していたが、昭和十六（一九四一）年九月二十八日逮捕され、殴られ拷問された。北林の逮捕の翌日、仮釈放中の伊藤は再収容され、官憲に合わせて北林について自供書を書き、日付を一年前にしろといわれてしたがった。

北林トモは、和歌山刑務所で、激しい疥癬に全身を侵され、風呂桶の底にたまった泥水のような水に浸かり疥癬が内向した腎臓炎で六十五歳（キロ）の大女が赤ん坊のように縮んでしまった、と、おなじ女子刑務所にとらわれていた山代巴がかたっている。昭和二十年二月危篤で放り出され、夫の芳三郎が荷車に乗せて和歌山の峠を越えて、家まで運んだが、五日後の二月九日死んだ。墓場を突き止めた渡辺富哉は、トモはクリスチャンだったのに戒名のついた墓に入れられていることを発見している。

トモの死を一番深く痛切に書き残しているのは八年の刑の執行中に敗戦を迎えた九津見房子である。九津見は七十二年の生涯を振り返って、わたしの原点は十六歳の女学生の時に家出して、石川三四郎の会でうたった讃美歌よ、とかたっている。

富の鎖を解き捨てて、
自由の国に入るは今
正しく清きうつくしき
友よ手を取りたつは今

（牧瀬菊枝『九津見房子の暦』）

ブランコ・ヴケリッチは十月十八日逮捕、一九四三年九月二十二日の巣鴨からの手紙では、「非常にのん気に二十九日（求刑の日）を待っている」と淑子に書き送っている。悪くて国外追放と予想していた。しかし求刑は、死刑、網走に移送され、翌年四月五日の判決で無期懲役、四五年一月十三日獄死。

同日、十月十八日、ゾルゲ逮捕の日、近衛内閣辞職、東条内閣発足、反対勢力絶滅の特高の狙いは完結した。

一つだけ附記しておこう。父律の思い出を書いた自伝の最後のページに、淳は尾崎秀実の妻英子と律の細君が、暗黒の日々、慰め合って生き抜いたことを書き残している。英子は秀実とスメードレーの情事に傷つき、時に夫を憎んでさえいたというのである。裏切った男、裏切られた男、その妻たちは助け合っていた。

第五章　開戦、三人三様の砲撃

淞滬《しょうこ》鉄路は、清の時代に上海から揚子江の河口を扼す呉淞《ウースン》まで一六キロのあいだに敷設された中国最初の鉄道で、上海事変後、陸戦隊本部の裏に高架の天通庵駅の板張りの駅ができた。春の終わりのころ、須磨雄は父と母に連れられて、そこから呉淞行きのガソリンカーに乗った。

空気の中に湿気はあるが、白いような、まぶしいような光が張っていた。広い呉淞クリークがあり、茶色い水が満々と流れる運河を茶色の帆のジャンクが風上に向かって走って行った。

「ほら、見てごらん。あの船は風上のほうに滑って行くだろう。帆の操作でああなるんだよ」

と父が指さした。

船の艫《とも》で上半身裸の男がせわしげに帆綱を操り、脇に小さな子どもが立っていた。微風をついてジャンクは遡っていく。その光景もおもしろかったが、嬉しかったのは父が須磨雄の知らないことを教えてくれたことだった。父はそのとき、九州の漁村で育った少年時代を思い出していたにちがいない。父は和船の櫓を漕ぐことができた。

やがて、前方に小高い土手が見える草原に出た。あたりはむっとする草いきれだった。このあたりのトーチカは破壊の度合いがもっともはげしく、入口は大きく崩れ、銃眼も剥げ落ちていた。天井が抜け落ちたトーチカもあって、砲撃の激しさをしのばせた。中は湿っぽく暗く、空虚だった。

そこを出て、前の方の土手に上がると、大砲が半ば破壊されたまま聳えていた。先端は欠け落ちている。高く空に向けた砲身にはコンクリートが詰め込まれていた。草むらには巨大な砲弾があちこちに打ち捨てられており、これにもコンクリートが詰め込まれていた。この日、父が撮った写真を見ると、砲弾の上に須磨雄が跨っている。白いピケ帽と白い半ズボン、黒く錆びた砲弾、そのコントラストが印象的だ。

トーチカとはロシア語の「点」という意味で、英語のポイント、ドイツ語のプンクトと同じ言葉だそうだ。つまり、敵の攻撃に対して「点」として抵抗するものなのだろう。同盟通信上海支社長の松本重治の回想によると、このトーチカを設計し、日本軍相手の戦闘の指揮をとったのはドイツ人の顧問だったという。

「ドイツが送った軍事顧問のフォン・ゼークトやファルケンハウゼンなどが『制匪』事業のためばかりでなく、抗日戦のために呉淞地区に堅固なトーチカを造ったものなのだと、私は考えている。おまけに、トーチカの利用のためにドイツ軍砲兵将校数人がこんどの戦争に参加している、という噂まである」（『上海時代』）

蘆溝橋《ろこうきょう》の衝突のあと、八月十三日、日本軍と十九路軍（共産党軍）が正面衝突し、日中は全面戦争に突入した。二十三日、派遣軍司令官松井石根大将は第三師団を率いて呉淞に上陸作戦を開始した。竹下部隊は呉淞桟橋に敵前上陸を敢行し、将兵の死傷は二万人に及んだ。トーチカを爆破するため、三人の兵士が選ばれたが、指揮官の渡した導火線は五十センチだったので、途中で爆発し、三人は手前で爆死した。困った軍は「爆弾三勇士」として喧伝した。

ここは高台なので、揚子江はずっと下にある。水は真茶色だった。ここで黄甫江と揚子江が合流する。丈の高い芝のような草も、空の雲も、雲間から洩れる海軍旗のような陽の光も、黄色い液体の中に塗り込められてしまったかのようだ。

その時タイヤの軋む音がして大きなパッカードがとまった。ドアが開いて、Ｊ・Ｇと両親と思われる外国人が降り立った。かれも気がついた。黙って少年たち二人は揚子江を見ていた。

揚子江の水は猛烈なスピードで流れ、下流に向かうジャンクはびっくりするような早さで走り去った。須磨雄は、突然、この戦争で父も母も死んでしまうのではないかと思った。いつも病気がちな須磨雄は、母の喪失、父母との別れをなにより恐れていた。そんなことを考えるだけで気が狂いそうだった。人生というものは悲しい。やがて父も母もいなくなるだろう。それでも人間は生きてゆかなければならない、と思った。六歳の須磨雄は小刻みに震えていた。

写真の裏に昭和十五年五月とある。

英国領事館は、黄浦江から蘇州江が分岐する租界の出発点にある。眼前にブロードウェイ・マンションが、屏風のように屹立している。Union Jack のはためく庭に、風船を持った子供たちが駆け回っている。このさきに停泊している駆逐艦出雲の船尾の海軍旗とそっくりだ。吹奏楽が太鼓の連打にかわり、石段に、胸に付けられるだけ勲章をつけた軍人があらわれた。汽笛の音に混じって、先ほどから聞こえていた英国海軍軍楽隊の吹奏楽するエルガーの「威風堂々」が、"God Save the King"にかわった。"Today King George VIth Birthday."という叫び声が聞こえた。

"Admiral Earl Mountbatten, Burma's govoerner"（ビルマ総督マウントバッテン伯爵）とJ・Gが気をつけをしたので、須磨雄もあわててそれにならった。J・Gのママは、赤いブレザーにグリーンのスカーフをなびかせ、つば広のボンネットに襟繰りの広いブルースーツの明石子は、扇を揺らすチャイナ・ドレスの女性と話をしている。

"Madam 宋慶麗さ、Mam's friends"と、J・Gが言った。

海軍武官の本郷少佐が明石子のエスコートをしているので、須磨雄は少し安心した。

日米英開戦一か月前。

落日の英国帝国主義の最後の夕栄。この直後、今度は日本軍が接収した芝生の上で天長節を祝うことになる。

帰途、パッカードは正面最上階にアールデコの尖塔をいただく百楽門舞庁（パラマウント）の前を通った。階段に有閑マダムやモダンガールがたむろしている。J・Gの両親はこれからダンスパーティにいくのだそうだ。ちょうどそこへまるで男装の麗人のような日本人が降りてきた。

"Hayashi, Japanese gigolo" ジミーがいった（藤井省三「現代中国文化探検」）。その腕にいたのは、大川和久の母だ、上海では、西洋人も日本人も女性が主役のようだった。

こうして須磨雄は、J・Gや佐助を通して、上海の栄光と悲惨を学んでいった。ジミーが竜華の収容所に入れられるまで。お別れはガーデンブリッジの下を通る蘇州河沿いのプラタナスの生い茂るサイクリングロードだった。ジミーはイギリス風に水平に、須磨雄は日本風に斜めに右手をかざして敬礼した。

昭和十六年十二月八日払暁四時、父の勤務先の銀行から緊急電話が入った。

「ただいま、黄甫江で、日本海軍がアメリカの軍艦ウエーキ号、イギリスのペトレル号に砲撃中、戦争が始まりました」

一家はすぐさまヴェランダに出た。すると真っ暗な闇の中で、ポプラ並木の向こう、新公園を越えて市街地のはるか先の夜空に、火花が行き交い、サーチライトの光線がいくつも動くのが見えた。ここまでは音はしなかった。あたりは平静そのものだった。ただ赤い火花だけが夜空を鋭く斬った。

日本からの客船が揚子江から黄甫江に入り蘇州河と交わる直前に、いつもずんぐりした灰色の日本海軍の砲艦「出雲」が砲門を誇示していた。真前に停泊していたアメリカの軍艦ウエーキが砲撃されているのだ。父と母と子の三人は、冷たいコンクリートのヴェランダの手すり越しに、まだ暗い明け方の花火のような砲火を黙って見ていた。

上級生の生島治郎は、居住地が埠頭のそばだったから、「機銃の連続音で眼を覚まさせられた」と言う。

私は（何かが起こった）と思った。

それは、まだ小学校三年生にすぎない子供にも、異常事態を予感させる音だった。

私は飛び起き、寝室から居間へと走って行った。

居間に母がいて、いつもと似ぬ、やや沈痛な面もちで、ラジオに聴き入っていた。

「何があったの?」

と私が訊くと、母親は私の方を振り返り、しばらく、じっと私の顔をみつめた。

それから、平静な声でこう答えた。

「戦争がはじまったのよ。大変な戦争よ。日本がアメリカやイギリスに対して、宣戦布告をしたの」

(『異端の英雄』)


J・G一家が一番近くにいた。


日本軍の砲艦の船首側旋回砲塔の胴部が、艦橋と甲板を焦がす一瞬の閃光とともに、爆音を発した。六〇〇ヤードほど離れたペトレル号の戦楼では、その砲弾を受け、爆発が起きた。爆発の轟音の余波でバンドに建ち並ぶホテルにひびがはいった。

日本領事館わきの停泊地から、巡洋艦(とJ・Gは書くが、実体は吃水の浅い砲艦にすぎない)出雲も発砲を開始していた。三本の煙突から立ち上る煙が黒い羽毛襟巻きのように水面上を渦巻くなか、砲口が火を噴く。すでにペトレル号は飛び散る水しぶきと湯気のなかにすっぽり隠れていたが、川面には激しく燃えあがる炎が映し出されている。日本軍の戦闘機が二機、バンド沿いに飛来してきた。ジムにもコックピットのパイロットが見えるほどの低空飛行である。中国人の群衆は市電の線路を横切って逃げまどい、波止場にいくのもいれば、ホテルの階段を避難場所に選ぶもののもいる。

（『太陽の帝国』）

須磨雄たちはいつものように高い射的場の下を登校した。ポプラ並木の下に並べられた土製のモウドンに中国人がずらりと並んで腰をおろし、用を足していた。辻原六三先生は、「きょうからこの戦争を大東亜戦争と呼ぶことになった」と言ってから、恭しく教育勅語を奉読した。

二日後、マレー沖で、海軍第22航空船隊が、英国海軍旗艦プリンス・オブ・ウエールズと戦艦レパルスを撃沈した。

昭和十七年十二月三日「ハワイ・マレー沖海戦」という活動写真が「湘南シネマ」で上映され、学校から並んで見学に行った。外地では、活動写真をみるのも命がけだった。紐でつるされた零戦が、イギリス軍艦レパルスとプリンス・オブ・ウエールズに蠅のように襲いかかり、二隻とも、船底を見せて仰向けにひっくりかえった。その瞬間、場内のスクリーンの陰で爆発音がして、真っ赤な本物の炎が噴き出してきた。

「便衣隊だ、全員、退避、退避」

辻原先生が、持参のメガフォンで必死に叫んだ。

声自慢の葉子が、

「あの歌、♪沈むレパルスまでは、はいいけれど、沈むプリンス・オブ・ウエールズが字余りでこまるのよね」

とぼやいた。須磨雄は、船に乗っていたイギリスの水兵もこまったのかな、と心配した。

十二月二日、フェルミがシカゴ大学でウラン核分裂連鎖反応の実験に成功していた。

J・G一家は竜華飛行場の収容所に集められていた。

つぎに二人が会ったとき、二人の間には鉄条網が立ちふさがった。そしてキルトを穿いたスコットランド兵もフランス兵も捕虜収容所だった。

龍華収容所は蔣介石の師範学校だった。直径一キロ弱のスペースが鉄条網のフェンスで囲われ、二千人の収容者がいて、そのうち三百人が子どもだった。

須磨雄と佐助は妹の葉子を連れて、自転車で鉄条網の外までいった。ジミーが気づいてフェンスに駆け寄ってきた。穴の開いたフェンス越しにジミーにモロゾフのチョコレートをわたした。

須磨雄はそれより、二階の教室が洗濯紐でくぎられ、そこに毛布をかけて、壁代わりにしているのをみて胸をつかれた。「あれじゃキスもできないわね」と葉子は哀しそうにいった。

海軍の九三式中間練習機が頼りない音を残して後を追うように舞いあがった。

「修叔父だ」と佐助が指差した。

「え、おじさん？」

「ああ、これから、青島まで訓練飛行だ。キリスト教の父に代わって特攻隊を志願した。ゆうべこういったんだ。おれは片道のガソリンで飛ぶ、貴様は往復の燃料を積むパイロットになれ」

囲いの先は広い野原で、イラクサが密集していた。所々に南下する松井部隊を待ち伏せした中国軍の朽ちたトーチカが黒い入口を開いていた。夕方になると、焼け死んだ中国兵の亡霊のように、中から黒いものが飛び出してきて蚊《か》を追った。蝙蝠《こうもり》である。須磨雄たちはそれを竹ざおで追って遊んだ。

「あっ、痛い」

草むらに打ち捨てられていた錆びた有刺鉄線が足の甲を引き裂いた。血がどくどくと流れた。

それを歩哨が見ていた。やさしい年配の歩哨は、須磨雄たちに銃を持たせてくれた。だが、重くてとても一人では持てなかった。空砲を撃って薬莢をくれることもあった。あるとき、彼はふと淋しい目をして、

「明日から戦地だ、ぼうや、いい子になるんだよ」と言った。きっと自分の子の代わりに言ったんだと、こどもの須磨雄にもわかった

新高山の厨子王

須磨雄はまったく学校になじめなかった。一度担任の辻原六三先生から「そんなにうるさいのならでていけ」と云われた。須磨雄の席は窓際だった。

「はい」と言うなり、出窓を乗り越えて外に出た。そして陽だまりの校庭でひとり遊んでいた。新公園の先の上海神社の境内に移植した桜の若木から中国人の怨嗟の中を花びらが風に吹かれて飛んできた。先生は、須磨雄を呼び戻すのをあきらめて、教室の全員を芝生の庭に車座に坐らせてこんな話をはじめた。

「台湾に新高山《ニイタカヤマ》と云う高い山がある」

「富士山より高いの?」

と葉子がきいた。

「ああ、海抜三九五二メートルだから、富士山より一九六メートルも高い」と先生は言った。上海では富士山なんて二番目だ。だから「富士は日本一の山」なんてうたわなかった。

辻原先生は、はなしがうまい。このDNAは息子の辻原登に遺伝した。

「新高山には、生蕃《せいばん》という未開人が住んでいる。椰子の腰蓑であとは半分裸だ」

「冒険ダン吉だ」と須磨雄は思った。

「風邪引くじゃないか」と生徒は口々に言った。

「いや、台湾は暑い。生蕃が、日本人の赤ん坊をさらった」

「かわいそう」

と、葉子は、もう泣き出しそうだ。

「おとうさんもおかあさんも陸軍の兵隊さんも、草の根わけて、八方手を尽くして探したが、何しろ新高山は日本一高いから杳として行方知れず。

月日が流れお母さんが妹をつれて、新高山のふもとで、寝かしつけていた。

♪見よ栗海の空明けて
と、うたうと、路傍の生蕃の子が、

♪旭日高く輝けば
と、応じた。

「三太」とお母さんは、その子を抱きしめた。

生徒たちはほっと溜息をついた。

あれから七十年たった今も、上海の九つの小学校、中学校、商業学校、二つの高等女学校の同窓会が、毎年二月十一日に品川の埠頭の見えるホテルで開かれる。

梅原令子ちゃんの父は、上海駅長だった。船長ではない。日本が負けて在留邦人とともに帰国を待っていた。

一九四六年一月十九日夜明、「引き上げ船江ノ島丸が出航するから午前四時まで飯田桟橋に集合せよ」と緊急連絡。排水トン数七、八〇〇噸乗船人員七、八〇〇人、取るものもとりあえずにぎりめしもって乗船した。船は揚子江を出て、船山列島を目指した。海面はまだ黄色だ。一五時五〇分、ドーンという駅長の下腹にこたえる音とともに船体に衝撃は走った。海底に敷設されていて、船体を感知して浮上する機雷に触雷したのだ。江ノ島丸の緊急汽笛を発する無線機は破壊されていた。

船橋から、軍事慰問団に来たままのこされていた漫談家松井翠声が自慢の声も嗄れんとばかり、

「あわてるな船長、汽笛一声上海を、わが江ノ島はなれたり、必ず踏むぞ祖国の地」と励ます。

梅原船長の手記、「はるか遠方に小輸送船らしき船影見ゆ。あの船が引き返してくれれば沈みゆく乗客の何人かは救助されよう。船尾が沈みだした。乗客は船首に殺到するが、傾く備品に足を取られ、梁におでこをぶつけ、甲板に足をとられ、泣きさけぶ子、阿鼻叫喚の甲板である」

駅長が遠望する、先方にたよりないリヴァーティ・シップ（LT船）が黒い煙を吐いている。婚約者島津愛子を残し、新しい境地の小説を書くため、元海軍予備少尉藤田幸一が敗戦後L

T船に応募、乗船していた。藤田は早稲田大学フランス文学科卒業、谷崎に文才を認められたが、戦時下、上海にあった。

そのとき、藤田の双眼鏡にはアメリカ水雷艇が大きく弧を描いて、引き返して行くのが見てとれた。マストに高く星条旗、ジョン・F・ケネディ大尉ならぬ、ブリバード号艦長エリオット大尉であった。

LT輸送船と水雷艇が左舷側に横づけした。

乗客の中には一家五人のうち父、長男、次女を失った一家もある。母は重傷、ブリバード号の医務室にとめおかれ、赤ん坊を看護婦が抱いて上海に戻った時、毛布の中の一歳の女の子は冷たくなっていた。

帰還した日本人引揚者は誤ってブルーバードと覚えていたためなかなか所在のわからなかった船長を探し出し、エリオット夫妻を品川のホテルに招待した。報告を受けたアメリカ第七艦隊司令長官は旗艦を東京湾に回航して、大尉を表彰した。NHK「私の秘密」にエリオット大尉とともに、葉子が出演している。

同窓会は高齢で年々減るはずなのに、総数は不変だ、毎年新しい旧友が発見されるからである。

ことしは台湾から楊国光が、謝月郷という台湾の同級生を発見してつれてきた。生薑どころか、長身痩身の麗人である。粋な中国服で、詰襟姿の楊と好対照だ。楊は、人民公社の社員だといったが、あやしい。

「わたしも辻原先生の新高山のひとさらいの話をうかがったこと、よくおぼえていますわ。何しろ私ども、当時は生薑と呼ばれていましたからね」とケロリと言った。

「ごめんなさい」と葉子。

「でも、あのあとで、鴎外の厨子王を読んで、あ、この話の焼き直しだ、とわかったのですのよ」

人買いの山椒太夫にかどわかされた厨子王は、母と生き別れ、姉は売られ、ここはお国を何百里、佐渡の国府に来た時、盲目の老婆が歌っていた。

安寿こいしやほうほれや
厨子王恋しや、ほうほれや。

厨子王！　という叫びが女の口から出た。ふたりはぴったり抱き合った。

早稲田の国文科を出た謝月郷によると、物語の伝来には二説あるそうだ。どこか遠い異国の物語が船頭や奴隷に託されて流れ着いて語り伝える、貴種流離譚、これはオデッセウスと百合若大臣、オルフェウスとイザナギノミコト。

「それに対し構造主義者のレビ・ストロースは申しました。人間はみな同じ話を思いつく」

それまで黙って聞いていた楊国光が突然口をひらいた。

「尾崎の上中書にある『青い川がなつかしい』なんて嘘に決まっている。台湾の小学生は清い川なんて見たこともない。尾崎が、上中書にそう嘘を書いたとき、かれの目に浮かんでいたのは、褐色の揚子江であり、育ったこともない飛騨の増田川では断じてないさ」

(そうか)、と須磨雄は胸をつかれた。月や楊はさらわれた子供を自分の事とおもって、辻原先生のはなしを聞いていたんだ、

厨子王は楊だ、月は安寿だ。

戦争中の子供はみんな故郷からさらわれたんだ。

デザートに突然赤いアイスキャンデーが供された。ビックリしていると、司会が、「これは楊君の上海土産です」といった。楊が須磨雄を見てニヤリと笑った。ユダヤ難民収容所で、須磨雄が「不要《ブヨ》」と言ったキャンディだ。

かつての黒ぶちのロイド眼鏡から細い金ぶちにかえて登壇した辻原六三先生が「きみたちをなぐって申し訳なかった」とバッと土下座して子どもたちを驚かせた。ご来賓、参議院議員辻原先生の手前、みなはもそもそと口を合わせたが、ふるさとなんかない上海の国民学校のこどもたちは、どうしていいかわからず、仔鮒の代わりに新公園の池ですくいあげた雷魚

のことをおもった。グワッと、とげだらけの口をあけてこちらを睨んでいた肉食魚を。

辻原六三先生の愛息登の文学賞作品「村の名前」は、戦後、若い商社員として、長砂のさきまで藺草の買いつけにいって、紹興酒と公安につけまとわれつつ、桃源郷をさがすはなしだ。土手の向こうには、謝月郷のようにたおやかな女が赤ん坊を抱いている。辻原先生は、あのはなしを自分の子供がさらわれたつもりで話してくれたんだ、と考えていると、楊が須磨雄の耳許に口を寄せて告白した。

「小説に出てくる、若い商社員につきまとう公安ってぼくがモデルあるよ、わたしひそかに月郷とあえるように手配したのに、ぼくのことを公安だなんて。小説家、お父さんに似てうそつくのうまい」

海女　さらば大洋丸

昭和十七年五月五日、大洋丸は端午の節句に一〇九七人を乗せて昭南島（シンガポール）にむけて宇品港を出発した。船客六六〇人の中に門司から追いかけて乗船した明石子と須磨雄がいた。

夜のしじまをぬって、大洋丸のドイツ製のエンジンとは異なる波長のエンジン音が近づくのを暁は感じた。ほとんど同じ瞬間に見張りも探知したのだろう、その刹那、短声六発、煙突を伝わって鳴り響き、拡声器から原田敬助船長の声がした。

「本船めがけて敵味方不明の物体が発射されました。全力で回避しますから、総員待機！」

長声一発、サイレンが続く。

激しい衝撃音が耳をつんざいた。

本来なら、魚雷の数本は持ちこたえるが、積み荷のカーバイト倉庫を直撃したため、一四、四五八トンの豪華客船は、全艦、激しい炎に包まれ、続けざまに爆発音が轟いた。

「総員、退艦！」

「おかあちゃま」

「須磨雄！」

須磨雄は、暁に先導されて、明石子と上甲板にはしった。船の中央から火柱が天にまで達する勢いで立ち上っている。

「端艇、おろせえ」

「さあ、早く」

暁が母子を満員の端艇に押し込み、ロープを降下させる。

甲板でロープを回転させている暁に明石子が声をかけた。

「暁、はよ、乗らんかい」

顎紐をかけた暁は、毅然としてこたえた。

「帝国海軍水兵は乗艦と運命をともにするのであります」

端艇は波しぶきとともに火の粉とび散る海に落ちてゆく。

海上労働協会編『日本商船隊戦時遭難史』によると船長原田敬助は最後まで艦橋にとどまり、信時潔作曲「海ゆかば」をうたって船と運命をともにした。

端艇は四十人の乗客とともに大きく揺れ、水をかぶって転覆した。

明石子が耳元で叫んだ。

「須磨雄、あそこに燈台の光が見えるやろ。須磨雄が上海に向かうとき、写生して外事警察につかまった燈台や、あの光に向かって泳ぐのや」

と一つしかない救命具を差し出して、

「この救命具をつけなさい」

「母さんは?」

「明石海峡で産湯をつかった母さんや、このぐらいの距離何ともあらへん、さ、はよ、ゆかんかい」

明石子は虚弱児の須磨雄に、

「ゆっくりと、息を吸って、泳ぐのや」

波のまにまに須磨雄の黒頭が見え隠れする。

明石子は、艦橋の原田に負けぬように得意の喉で謡曲「海士」をうたった。

「あの波のかなたに我が子やいまさん」

やがてその声が絶えた。

「ああ、ぼく。もう駄目だ、母さんのところに行くね」

するとそのとき海底から竜王のように黒い鉄の塊が、山のような波頭を押し分け、火の粉に照らされて出現した。


国々の海戦を見ると、あれは人類の子から生まれた偉い数の怪獣たちだ。上官のおおげさな号令、負傷兵の悲鳴、砲撃のひびき、どれもこれも数秒の静寂を消すための騒音さ。

おまえは夜より美しい。こたえてくれ、太洋よ、ぼくの兄弟になりたくないか？　はげしくおまえを動かせ……、もっと……、おまえを神の復讐と、ぼくにくらべさせたいのなら、もっと、もっと、もっとだ。お前の鉛色の爪をのばし、おまえみずからの乳房に、一筋の道をきりひらけ。

（『マルドロールの歌』ロートレアモン、前川嘉男訳）


大洋丸を沈めたアメリカの潜水艦ではない、伊号第52、艦長宇野亀雄海軍中佐、水中排水量二、六六四トン全長一〇八メートル、乗員一一二名のうち七名の三菱重工業、愛知時計らの技術者である、「任務、メッサーシュミットの設計図を持ち帰れ」まだ火の粉の舞う水面に大胆にも浮上するや、ハッチを開き、乗組員が火の粉としぶきと闘いつつ中に姿を現した。ゴムボートが投げられた。乗員が身を躍らせ、ボートを漕ぐ。須磨雄の真上に到着すると、間断なく響く爆発音に抗してメガホンで叫んだ。

「がんばれ、須磨雄　すぐ救助する」

「あ、本郷少佐」

そのまま気を失った。次に気付いたときは将校用のベッドに寝かされていた。その瞳に、陸軍少佐の軍服を身にまとった精悍な士官がうつった。

「須磨雄君、ようこそ、伊号第52へ。山中峯太郎だ」

「大洋丸でお会いした？」

「そうだ、小さなスパイ君」

そこへハッチの下から作業服の青年が顔を出した。

「よう、須磨雄、よくきた」

「あ、川崎一郎さん、どうして」

「うむ、これからハンブルクに向かう」

須磨の海岸で泳いだ暁の兄さんだった。朝日新聞の飯沼正明飛行士の整備士となって世界一周に成功、新聞に大きく出たものだ。それがどうして潜水艦に？　と。怪訝そうな須磨雄

に、本郷少佐がひきとって、

「本艦は重要任務で先を急ぐ。川崎君とも相談したが、幸い本艦は世界最大の潜水空母で組み立て式の飛行機をカタパルトから発射できる。マカオまで送らせよう。君をそこで下ろす。ポルトガルは中立国である。リスボン駐在の須磨弥吉郎大使に打電しておく。君の父上は大分の臼杵出身だったね、小さなスパイ君」

「はい」

「マカオは天正少年派遣団が、ローマに往復するのに英気を養った港だ。そのあとさらに広瀬武夫君と同じ豊後の国崎半島に育ったペトロ岐部は、往路はアラビア半島を歩いてローマに至り、帰路は、ルソン島でシロアリを退治、ついに船を再建して九年かかって日本に帰りついた。大分県臼杵市の石仏の大庄屋の子である須磨雄君もひとりっ子とはいえ、冒険と運の強さは脈々と流れている。カーバイトの火の海に漂うとも、必ず生きて祖国の土を踏むのだ。須磨雄、どんな苦難にうちかってもそこに戻るのだ。それこそゾルゲ少年探偵団ではないか」

だが、やんぬるかな伊号207の航路はすべてアメリカに暗号解読されていた（中田整一）。そうとはしらず、目的地で、ビスケイ湾のロリアン軍港に向かい、ホルムズ海峡からベルリン・バグダッド鉄道経由で先乗りしていたベルリン海軍武官府補佐官藤村義朗中佐（海軍名本郷義昭少佐ともいわれる）は空しく２ｔの金塊を待ちわびていた。だが、やんぬるかな、伊号第

52は須磨雄をマカオに発射したのち大西洋マダガスカル沖でアベンジャー雷撃機に音響探知され、音響追尾魚雷マーク24によって撃沈されていたのである。（中田整一『ドクター・ハック』中の藤村義一による（戦後義朗と改名））

大洋丸の事務長夫人

「一、大洋丸（船長原田敬助）は東海海運会社に定期用船中南方開発要員並びに資材輸送のため陸軍配当船となり、昭和十七（一九四二）年五月五日開発要員一〇九七名及び資材搭載の上昭南向け宇品を出帆、六日採炭のため門司に寄港し、七日大連において船団を編成して男女群島女島灯台付近航行中、翌八日夜七時過ぎ敵潜水艦の襲撃を受け積荷のカーバイドに引火して全船火の海と化し数十分にして沈没した。乗客六六〇名並びに乗組員二六三名中船長以下一五七名はついに殉職した」

『日本郵船七〇年史』のあとがきによると、郵船の膨大な資料は、敗戦時本社が進駐軍に接収される直前焼却された。郵船の資料は、須磨雄の母の残したメニュー八葉と避難指示一部しかない。二〇一五年八月十六日、敗戦後米軍により五島列島沖に沈められた伊号第52の水中写真を日本テレビは、放映した。大洋丸事務長未亡人斎藤邦江子は、アメリカ大使館査証部に勤務中、ヴィザ発給を禁じられた須磨雄を助けた。在りし日の大洋丸の雄姿をしのびたければ、黒い船体模型が神戸のメリケン波止場の「戦没した船と会員の資料館」（全日本海員組合）に展示されている。

戦没船、
汽船三、五七五隻、機帆船二、〇七〇隻、漁船一、五九五隻、合計七、二四〇隻。
犠牲者海員　六〇、六〇一名、（以下十位以下概数）民間人　五九、二〇〇名　軍人一〇一、〇〇〇名　捕虜一〇、八〇〇、合計二三二、六〇〇名（「海に墓標を」）
二〇一六年日本海員組合は敢然と安倍内閣の用船に反対した。

処刑

自分が殺される日、サンティアゴ・ナサールは、司教が船で着くのを待つために、朝、五時半に起きた。（『予告された殺人の記録』）ガルシア・マルケス、野谷文昭訳）

あっという間に死刑ときまって絞首台上に立つはめになったとき、尾崎秀実が思い出したのは、西園寺公から御前会議で配布された「帝国国策遂行要領」でもなければ、ゾルゲと初めてあった上海の蘇州江河畔の出版社ZGで耳にしたクルト・ヴァイルの「マック・ザ・ナイフ」でもなかった。アグネス・スメードレーの意志の強い下唇を巻き込むようにして貪ったなまあたたかい感触だった。三年後、尾崎が絞首刑に処せられたと石垣綾子から聞かされたとき、あの百戦錬磨のスメードレーは、

「ええっ、死刑に！」と、鋭い鳥のような声を発して、ベッドに倒れ伏した。

「あのひとはわたしの夫だったの」（『回想のスメードレー』石垣綾子）

さらに尾崎の脳裡に浮かんだものは、遙か西から延々と流れてくる長江の水の色だった。三峡の峨々たる岩山を越えるときは透明だったのに次第に黄色みを帯び、やがて満々たる黄土の奔流となった。そのとき東から、一条の清冽な清水が滾々と湧きいで、一時は、黄土に道を開くかに見えたがそれも束の間、満々と、たゆたう大河の中に呑み込まれ、消えた。神国もへったくれもなかった。それが上海だった。

「私も最初に上海に入った時の感激は、一生のうちで最大のものの一つです。揚子よ」

（尾崎秀実書簡、一九四四年三月二十五日）

書簡集の最後は「暢子元気のよし安心しました。一筋に育ちゆくものは誠に頼もしい限りですね。そしてぼくも勇を鼓してさらに寒気と戦うつもりでいます」と書いて、処刑に呼び出され、一時間半後の午前八時五一分に絞首台で首をくくられた。

暢子は父の願いどおり、すこやかに成長し、昭和史研究者今井誠一と結婚した。夫と共に平和運動に尽力している。

上海こそ尾崎のファム・ファタル（運命の女）そのものであった。
だからガルシア・マルケスなら言うだろう。
上海を見た日、彼の処刑は決まっていた、と。

原子爆弾
Kid, they dropped atom bombs. Uncle Sam threw a piece of the sun at Nagasaki and Hiroshima.
「坊や、アメリカ軍は原子爆弾を落としたんだ。アメリカ政府は太陽のひとかけらを長崎と広島に投げつけ、一〇〇万人からの人間を殺したのさ。とてつもなく大きな閃光が……」
「ぼく、見たよ」
「本当かい……？　空全体が明るくなったんだって？　なるほどな」ユーラシア人はすぐには信じられない様子だったが、観客席の分捕り品から視線をジムに移すと、じろじろと見廻した。気楽な態度を示してはいるものの、実は不安なのだ。やってくるアメリカ軍に自分の親米的な行為をそれほど認めて貰えないかもしれない、とわかっているようだった。彼は油断なく空に目を遣った。

「原子爆弾か……日本の奴らには最悪だが、坊やにとっては幸運だったわけだ。それにおまえさんの両親にとってもな」

「戦争は本当に終ったの?」

「そうとも、終り、おしまいさ。それでわれわれは皆友達というわけよ。日本の皇帝が降伏を宣言したところだ」

……

二日間、口にするものもなく、竜華飛行場に辿りついたジムは鉄条網の下で日本兵に躓いた。

特別攻撃隊の記章のついた飛行服を血に染めているパイロットの口は無言のまま開き、顰めっ面になっている。蝿が一匹瞳孔の水分を吸い取ろうとすると、目蓋がピクリと震えた。背中に受けた銃剣の突き傷のひとつは腹側にまで貫通し、新しい血が飛行服の股のところから滲み出している。ジムはその歯をこじ開けることで、彼の死に隙間をつくってやり、その隙間に若者の魂を戻してやった。

ジムはこれまでずっとこの若いパイロットに希望を託してきたのだ。ふたりで一緒に竜華を、上海を、そして戦争を永久にあとにして飛び発とうという、空しい夢を膨らませてきたのだ。

ジムが戦争を生き残るためには、このパイロット、彼の創り出した想像上の双子の片割れが必要だったのだ。それは有刺鉄線を通して彼が見つめる自分自身の複製だった。もしこの日本人が死んだなら、それは彼の一部が死んだということだ。(『太陽の帝国』)

その時、J・Gは、激しく須磨雄に逢いたいと思った。ひとりっ子同士、J・Gと須磨雄は双子だったんだ。

須磨雄、どうか原子爆弾の下で生きていてくれ。

グッバイ・ナニー

上海の米軍用ダンスホールで、J・Gはソーニャに会った。

中国人のウェイターと白人の若い女がひっくり返った椅子を元に戻し、天井から落ちた石膏を掃き出している。二人の傍らを通り過ぎるわたしの方を振り向いた若い女が付いてきて、わたしの腕を引っ張った。

「ジェイムズ! 戻ったという噂だったけど。ソーニャよ、覚えてる?」

彼女はハイヒールを履いた足を踏み出した拍子にシャンデリアのカットグラスの垂れ飾りに躓《つまず》いた。わたしの腕をしっかり掴まえて、体勢を立て直す。唇がわたしの唇に押しつけられて、忘れてしまった何かをわたしに思い出させようとした。着古したドレスから汗と白粉の強烈な匂いがした。龍華の女性たちの小屋に入ったときに気づいた刺激的な匂いだった。

彼女の顔の骨には何人もの顔が次々に埋め込まれていた。化粧と経験が何層にも重ねられていて、それを通して射るような飢えた一対の目が光っていた。毎日のように南京路の輪タクの後ろでアメリカの水兵を追い払うのに悪戦苦闘しているのだろうと思った。絹のスーツが腋のところで引きちぎれ、肩胛骨の下の大きな傷とブラジャーに付いている口紅の染みが見えた。わたしを上から下まで見るその目つきから、わたしの戦争経験のことなどとうに彼女の念頭にないことがわかった。

彼女の魅力の一部は、自分が子供時代に戻れるという感覚を与えてくれるところにあった。しかしもし自分で確信していることが何かあるとすれば、それは自分がもはや子供ではないということ、戦前の上海で街全体を舞台にやったかくれんぼは永久に終わったということだった。


（『女たちのやさしさ』）


ソーニャは、彼とならんで腰をおろした。彼女は例の貧しげな外套を着て、緑色の布を頭からかぶっていた。彼女はいつもの癖で、おずおずと手をさしのべた。

しかし、そこにはもう新しい物語が始まっている。一つの世界から他の世界へ移って行き、今までまったく知らなかった新しい現実を知る物語が始まりかかっていたのである。しかし、本編のこの物語はこれでひとまず終った。

（『罪と罰』）

訳者の米川正夫は最終行の校正の筆を擱くと、傍らの長椅子に眠るアメリカ脱走兵を見やった。ソーニャが、いや、かれの娘が、兵士を気づかって、髪をなぜていた。弟子の江川卓が窓の外の明かりを待っていた。

ジムはタラップに足をかけた。おそらくこれで上海も最後である。それはよくわかっていた。だが上海を離れるのは、彼の心のほんの一部である。残りのこころはすべて永久にここにとどまり、南島の弔い桟橋からおくりだされる棺のように、潮に乗って戻ってくるのだ。

（『太陽の帝国』）

藤岡啓介　翻訳文化の舞台裏

翻訳者あとがき讃

4-89642-490-4

日本の近代は翻訳の歴史と進行を一にするといってもよい。外国語に堪能であり、かぎりなく日本語を愛する人々……。翻訳書一冊一冊が持つ熱気をみれば、見事な日本近代史となる。近代百年、35の翻訳書から。　二二四頁二四〇〇円

L・アニシモフ　遠坂創三／上世博及 訳

スタニスラフスキーへの道

システムの読み方と用語99の謎

4-89642-493-5

一八九八年、モスクワ芸術座チェーホフ作「かもめ」で世界の演劇界に革命を起こし、新たな芸術の流れを作った演出家スタニスラフスキーが提唱したシステムと《有機的自然の法則》を分かり易く解説。すべての表現者たちへ――。　二二四頁二〇〇〇円

こやま峰子　藤本将 画

未来への伝言＊

4-89642-503-1

70年前、9歳だった少女は戦争という時代におかれてしまいます。なぜ？　どうして？　の疑問符ばかりの何もわからない少女が体験したこと。戦争を知らない子どもたちへどうしても伝えたいメッセージ。40篇の詩と33点の挿画。一〇四頁一五〇〇円

A・レペトゥーヒン　岡田和也訳　きたやまようこ絵

ヘフツィール物語＊

おとぎばなしの動物たちとふたりの女の子の友情についてのたのしくておかしくてほんとうのようなおはなし

4-89642-483-6

ナースチャが生まれると、おはなしの国にもウサギのペトローヴィチが生まれました。ナースチャがパパにおはなしをせがむたび、やさしい彼の冒険がパパの口から次々と……。時々、お伽の国との交流も…。小学高学年から。挿絵36点　一三六頁一六〇〇円

チャールズとメアリー・ラム　牛原眞弓 訳・解説

レスター先生の生徒たち＊

4-89642-447-8

一九五〇年代から日本で長く親しまれてきた児童書の名作が待望の現代語訳。多感な少女たちの細やかな心の動き、挫けることなく成長しようとする健気な姿。英国刊行時W・グリーンの挿絵を多数収録する愛蔵版！　一九二頁＋カラー口絵11葉二〇〇〇円

R・ホガーティ　M・デイ 執筆協力　高橋歩 訳

スーパー母さんダブリンを駆ける

4-89642-497-3

はじまりは11歳の頃、困っていた同級生を連れて帰ってきたこと。トラックを駆り、マーケットを廻る行く先々で路頭に迷う子どもたちがいる。いつも超弩級の愛情と手助けを惜しまなかったアイルランドの肝っ玉母さんの半生。　二四〇頁二四〇〇円

國方栄二
ギリシア・ローマの智恵
4-89642-494-2

言葉のルーツ、思考の端緒を知ると既知の世界が豹変する。希・羅から陸続する、常に思考する者の基礎となった西洋古典世界の豊かな言葉の海を明確な根拠を示しつつ案内。「西洋古典の世界」69項「名言集」51項。座右とすべき書。二八八頁三〇〇〇円

谷口江里也
イビサ島のネコ
4-89642-491-1

既存の価値観にすり寄っては生きられない。青年はスペインへ、イビサ島に移住した。誰もがそこを自分のための場所だと思える、地中海に浮かぶ楽園。島ごと世界遺産の自由都市イビサで、ネコたちが噂する奇妙な人々の実話。28篇。二四〇頁二四〇〇円

谷口江里也
天才たちのスペイン
4-89642-495-9

極限のローカルこそユニバーサルを拓く。アルタミラ、アランブラ、エル・グレコ、セルバンテス、ベラスケス、ゴヤ、ガウディ、ピカソ、ミロ、ロルカ、ダリ、ボフィル。美術・文学・建築の天才に関する全12章。　四一六頁＋カラー口絵一六頁四〇〇〇円

谷口江里也　ギュスターヴ・ドレ画
旧約聖書の世界
4-89642-501-7

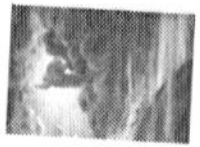

旧約聖書とはどのような書物なのか、ドレによる精緻な木版画を導きの糸に、独自の抄訳でエピソードが、それぞれの解説で世界観がわかる、旧約聖書が概観できる新発見に満ちた一冊。繊細なタッチと大胆な内容の版画74枚収録！　三三〇頁四〇〇〇円

A5判

シャルル・リッツ　柴野邦彦訳　ある釣師の覚え書き
ア・フライフィッシャーズ・ライフ
4-89642-504-8

「フライフィッシャーマンたらんとする者は、いつかは一度、時間をとって、近代的なフライフィッシングの最も上品で、最も優雅な実践者C・リッツの本書を学ぶべきである」（ギングリッチ）。幻の名著、改訳版にて待望の復刊！　四九八頁六〇〇〇円

ロバート・シャーウッド　村上光彦訳
ルーズヴェルトとホプキンズ
4-89642-474-4

第二次世界大戦史研究のための基礎的労作。巨人が蠢く第二次世界大戦を、ルーズヴェルトの演説作家の一人だった著者が多くの覚え書等々からの的確な引用を重ねて見事に再現。今なお新しい事実を発見し、驚愕する大歴史絵巻！一三二二頁一四〇〇〇円

intermezzo　戦後史の闇

ウイロビーの謀略

ここは財閥解体令の直前、三菱当主岩崎彦弥三朗の湯島別邸。

平賀源内考案の金唐革の屏風が開けられると殿様の代わりにカーキ色の軍服に准将の略綬をつけたウイロビーが大股にはいってきた。コーンパイプを斜めにくわえたところまでボスの真似だ。椅子に腰をおろすなり、

「メイジャー・ルテナン・ラッシュ少佐、俺はこれから、ダグラス（とわざと呼び捨てにして）のお供をして憲法公布のために天皇に会いに行かねばならん」

そもそもウイロビーはマッカーサーの配下として、日本占領の情報を取り仕切っていたから、生粋のアメリカ人だ、と日本人は頭から思い込んでいる。なんと一八九二年ドイツのハイデルベルク生まれのドイツ人だった。十六歳で渡米、ゲティスバーグ大学を出て職業軍人となり、一九四〇年にマッカーサーの参謀副長としてフィリピンで仕え、日本に来てGHQで軍事諜報と民間諜報部（CIS）の部長として謀略にあたった。

「先ほどやってきたジョー小出とジェームズ小田の野坂についての言い分が食い違っておる。どちらの言い分が正しいのか、とっぷり聞いておいてくれたまえ、レヴリン・メイジャー・ラッシュ」

そこへこの家の女主人、三菱令嬢岩崎（澤田）美貴が登場、豊かな胸を揺らして、

「ハーイ、レブリン・ラッシュ、ハウ・アー・ユ？　ここの接収解除、お願いね、三菱の本宅で私が少女時代をすごしたのですもの、あまりなじめなかったけれど」

「いや、まいりましたな、何しろキャノン大佐がお宅をお気に入りでね　やつは名門コンプレックスで」

それまで一座の花だった荒木光子（東大教授でマッカーサーの顧問光太郎の妻だが、自身G2歴史課に配属され、陸軍、進駐軍、ドイツ大使館員と浮名を流した）（阿羅健一『秘録・日本国陸軍クーデター計画』講談社、二〇一三年）が、対抗心満々立ちあがった。

「わたくしも元帥の会に」

ウイロビーが腕を差し出した。このとき、光子が洩らした情報がその陸軍省によるスメードレ告発の端緒であった。

ラッシュは、扉の外で待っていた少年に声をかけた。

「フットボールのパスはあしたにしよう、サスケ」

日本のアメリカン・フットボールの父、聖路加国際病院建設の恩人、日本聖公会牧師ポール・ラッシュについては、加藤哲郎と春名幹男で評価が微妙に異なる。親日家で、戦後日本の要人の追放解除に関係したことは一致している。だが庇護の温度が微妙に違う。春名説は、GHQは吉田の追放に傾いていた、と見る。吉田はそれを察知し、大いにラッシュに売り込んだというのである。これに対し加藤は、ラッシュは、全体に日本人の旧知の人間を守る傾向があったという。

いずれにせよ、ラッシュはウイロビーの配下として、死の直前のスメードレーとゾルゲの関係をギリギリと調べ上げる重要な役を負っていた。

戦前、支那浪人と言われた人種の中に、一九〇一年岐阜県にうまれた川合貞吉がいる。尾崎人脈には、父秀真から伊藤律、川合まで岐阜閥があるのだろう。天皇制と革命が交錯する土地柄であるか。

川合は、二八年に上海で支誌闘争同盟に加わり、水野成を通じて尾崎と知り合う。仕事は関東軍の情報を探り、逆に軍の特務機関に加わってしまう。ダブルスパイ。

だが川合がスパイとしての真価を発揮するのは、戦後であり、GHQのG2のウイロビーにより、スメードレーを赤ときめつけるのに利用された。川合とゾルゲの線を見つけ出したのは、本来は、聖路加国際病院を建設するのに力のあった聖公会文書編集課長となるポール・ラッシュ（中佐）であった。特高の尋問調書から、尾崎と川合の関係を見つけ出したのである。

聖公会の信徒である澤田美貴の生家三菱彦弥太の本郷別邸を接収した本郷ハウスに河合を監禁、食料パックと二万円を支給した。

尾崎秀実の弟秀樹は結核の療養の身を川合のアパートの隣に養い、川合が突然身につけて着てくる中古のブカブカの背広や食料パックの出所をあやしみつつも、かれのもたらす日共分裂の情報や伊藤律裏切り説に悶々としていた。

その結果、アメリカ陸軍省はゾルゲ事件を公表、スメードレーの関与を公表したのである。尾崎もゾルゲも死刑になっているのに、ウイロビーはなぜこんなに執念深くスメードレーの尾崎やゾルゲとの関係を追ったのだろうか。それはスメードレーを追えば、冷戦下の赤狩りに使えるとみてとったからであろう。

アメリカ陸軍省は、二月二十八日、CISで行われたラッシュの尋問を元に、スメードレーのゾルゲ事件の関与を公表した。だがスメードレーは猛然と抗議、確たるエビデンスを発表できなかったロイヤル陸軍長官は、記者会見でゾルゲ事件報告を撤回した。

二年後一九五〇年、スメードレーは胃潰瘍手術のため、ロンドン到着、ラドクリッフ病院入院、五月八日、まるで鬼頭のように、あるいは北林トモのように、急死した。五十八歳の働き盛りであった。

空飛たち一家は、日本敗戦のあとも、これまでの中国との関連から上海に残ることを許された。

「学校はどうしたの」

「ああ寺小屋みたいなものを大人たちが開いて、そこに通っていた。その同窓生には、後東大法学部教授坂本義和や経済学部教授根岸隆、慶應大学文学部教授岡晴夫がいる。寺小屋からよくはいったな。

沈殺麾下の共産軍迫るや、蔣介石に、一夜にして上海を追い出された。

「明日日本に帰国せよ」

空飛佐助は、祖父が総長となっていた同志社に入学し、アメリカンフット・ボールに汗を流し、時にアメリカン・フットボールの父として君臨したラッシュにクオーターバックのスナップ投法を学んだが、やがて日本航空の名物パイロットとなり、スチュワーデスと大恋愛の後、息子を尾崎暢子の卒業した青山師範付属小学校の後身の小学校に入学させ、そこで須磨雄の娘と同級生となった。

内山完造も、佐助たちと最後の引き揚げ船に乗った。魯迅や郭末若との親交厚く、人民共和国以降も、日中友好活動で尊敬された。しかし彼の本領はクリスチャンである。日中友好史は、中共政府に配慮してそこは書かない。

一九四六年一月十三日、美貴は弁膜症の痛みに耐え、完造は枕元で、辛子の湿布を夜中じゅう取り替えつつ祈る。

「神与え、神取り給う」（ヨブ記）

第二部

空の空なるかな

第一章　**クラッシュ**

空へ

戦後思想を支配していた理性と論理への信仰は、わたしには救いがたく理想主義的なものに思えた。
（J・G）

戦後、上海の少年たちは、洋の東西を問わず、戦争責任を論ずるには幼すぎ、上海へのセンチメンタル・ジャーニーに興ずるには政治的配慮（植民地支配）が立ちふさがり、もっぱらマーシャル・プランとララ物資をたべ、明るく暮らしていた。

肉体的には、第二次性徴発現期で、植民地育ちの天真爛漫さと人付き合いの良さで青春を謳歌していた。

卒業一週間前、レイズ校（高校）でのわたしの最後の行為は地下台所で兎の皮を剥いで茹でたことだった。兎の骨格標本がなぜそんなに重要だったのか、いまではもうわからない。

（『人生の奇跡』）

J・Gはケンブリッジの医学部の解剖教室で看護婦や女子高校生と、死体解剖と生体観察に熱中していた。

わたしは彼女を抱擁して、乳首に唇を押し当てる。（テイヴィッド・ハンターが上海で付き合っていた中国人のガールフレンドたちを別にすれば、）わたしがセックスをした女性たちは、母が極東に戻っている間わたしの滞在した西ロンドンの小ホテルを切り盛りしていた中年の女性とその娘、そしてケンブリッジの売春婦だけだった。

……わたしの胸の上を動くミリアム（Millium）の二本の指はコンパスさながら。ハサミのように胸骨を切ろうとする。軽快に腹部へと進み、優雅に踏を逸れて、ロブスターの鋏となって叫び声とともに睾丸を掴む。わたしは笑いながら彼女の大腿を持ち上げ、腿の上に置く。わたしに跨った彼女はペニスに陰部を当て、その先を陰唇にくわえてわたしをじらす。わたしは彼女の膣に入る。わたしはミリアムを限りなく必要としている。彼女を首尾よく解剖できると思えるほど。わたしは想像する、妄想に取り懸かれた外科医が、生きた女性を相手に、ケンブリッジの郊外の不気味な診療所の一室にある打ち棄てられた手術台で行う奇妙な愛の行為を。わたしは彼女の肺の内膜にキスをし、気管支に舌を走らせ、心臓の湿った膜に顔を押し当て、その鼓動を唇に感ずる……「ジム……」ミリアムが人差し指をわたしの鼻に当てたまま言葉を切った「何を考えているの?」

「おそらく法に背くことだろうな」

「それなら止めて……」

わたしは彼女を抱きしめる。解剖室もそこに並んだ死体も忘れ、核爆弾を積んだ爆撃機も十一月の湿地帯のことも忘れて。(『女たちのやさしさ』)

そして冷戦がはじまった。ヒトラーは死んだのに、スターリンは残った。水爆の秘密をめぐって、ローゼンタール夫妻や、フィルビーの翳が、スパイ小説の主流になった。未だにシオニズムや、貴族社会のイデオロギーが跋扈し、逆に赤狩りが猖獗《しょうけつ》を極めた。伊藤律追求が、日本共産党の裏切りの党内分裂の観点から長く続いた。スターリンが死に、朝鮮戦争が終わり、ベトナムで民族解放戦争が始まった。

するとまたぞろ、スパイの亡霊が現れた。

時代はかわり、少年少女たちの舞台も海から空へ変わった。

学窓を終えると、J・Gは Royal Air Foce（英国空軍）のNATO訓練生としてカナダ上空で宙返りに熱中し、楊国光は中共に帰り、佐助はパイロットになり、キャビンアテンダントと浮き名を流した。ソーニャは行方知れずだった。

妥女ホテルの悦楽

秋の大型テレビ番組の目玉、ソーニャ・ブラディ、本名ソーニャ・マキシモーバ・ゾルゲが、日本に到着した時、伊丹空港は激しい雨だった。丈なす金髪に黒いミンクの帽子をかぶり、赤軍兵士のようなボタンの多い胴着に短いスカート、エイゼンシュタインの無声映画『戦艦ポチョムキン』のオデッサ階段の虐殺シーンにモンタージュされたコサック騎兵を思わせる黒いブーツに、空港の泥が跳ねかえるのを、ものともせず、トレンチ・コートの須磨雄に抱きついた。

篠つく雨と風のなかで、須磨雄は叫んだ。

"Sonja! Nanny!"（ソーニャだよね、ジミーのナニーだった）

"Sum"

と、言いもあえず、ソーニャは、帽子もとらずに、口いっぱいキスした。雨とソーニャの涙が入り混じって須磨雄の唇を濡らした。塩辛い涙の間に、亡命ユダヤ人の売る「モロゾフ」のチョコレートの味がした。

翌朝、アラン・シャリエ監督は、日本人スターを主役にした合作映画「あの男ソルバ」を興福寺の五重塔からクランクインした。

岸恵子が機内でソーニャに打ち明けたところによると、監督の母はユダヤ人のバイオリニストだった。結婚して、パリにつれてこられてすぐ、サンジェルマン・デプレの高級靴屋のフェラガモでウインドショッピングしていた恵子は、

「おまえみたいな東洋人は、子供用の靴屋か植民地用の店に行け」と追い出された。監督の母は素早く店を離れて、こう言った。

「私の祖父はドレフュスなの」

ユダヤ人だから参謀本部の秘密漏洩を犯した、という濡れ衣で、ギニアの悪魔島に無期懲役の流刑になったドレフュスは、ゾラの「われ弾劾す」という一文に助けられたとはいえ、八年後に釈放された時には、廃人だった、とハンナ・アーレントは『全体主義の起源』で書いている。

「少なくとも須磨雄の国・日本では、一人のゾラもゾルゲ救援の声をあげなかったわ」

ソーニャは新人の女優となった後も少女時代の相手をおそれぬ狷介な物言いと傲岸さはちっともかわっていなかった。須磨雄といえば、身長こそ充分伸びていたが、長い睫毛と笑窪は少年の日のままだった。おとなになっても植民地育ちの人懐っこさと甘えをまきちらし、

周りの反発をかった。

三十年前、ここでゾルゲは鹿にせんべいをやった。須磨雄が、出番のソーニャを呼びに行くと、采女の桜の見える、わらびもちの茶店の前に危なっかしく駐車したロケバスのなかで、長い脚を折り曲げて小説を読んでいた。役柄のエールフランスのスチュアーデスのミニの下から、同色のパンティが見えた。

呼びにいったり、またもどしたり、そのたびにソーニャのパンティを眺めて、長い一日が暮れ、薬師寺の五重塔の向こうに夕日がおちていった。

ロケ隊が撤収し、三笠の鹿の腹のような稜線に月が出るころ、須磨雄は、ソーニャを求めて、采女ホテルへの坂を上った。妥女ホテルは、前面には猿沢の池、堅牢な木造建築で朱塗りの赤い欄干が各階を巡っている。

須磨雄は、外人女優とのスキャンダルを警戒して、正面ロビーをさけ、若草山の麓の原始林を伝わり、裏手のキッチンの屋根棟の屋根を這い、五階部分の回廊に飛び移った。そり返った瓦の下の軒にならぶ灯籠から樋がわりに吊り下げられている鉄製の鎖に赤い目印の紐がついていた。それにすがって三階の回廊におりたった。広いフレンチ窓に張り付いて中のスイートを覗いて、須磨雄は、息を呑んだ。窓から差し込む三笠の山に出た月に照らされて、ノーパンのソーニャ・ブラディがプリーツのペチコートを冷房の風にあおらせてなびかせ、乳房の谷間にシャネルの香水を垂らすところだった。須磨雄は目がくらくらとして思わず鎖の手を離して、ベランダの上に尻もちをついた。

部屋にはいっていくと、室内のドレッサー（化粧台）の上に金髪のろくろ首がこちらを睨んでいた。須磨雄はギョッとしてうしろをふりかえったが、ソーニャは赤毛のしたから、"Salaud, Wig"（ばかね、鬘じゃないの）とシャンプーあとの赤毛の自毛をバスタオルでごしごし、しごきながら（いつまでも子供ね）といいたげに目をつぶった。そういえば、須磨雄が、あのころ、好きだった大きな黒い瞳はコンタクトでブルーアイに変色している。変わらないのは長い脚だった。胸の薄いのはそのままだが、これはブラで矯正するのだろう。ホテルの一室はまるでマネキン工房だった。ベッドで抱き合うとソーニャの各部位がロゴのようにそれぞれひとつに組み合わさり、成熟した女体に仕上がっていったが、どこまでいっても、J・Gのナニーにはかわりなかった。

ソーニャは翡翠のブローチを裸の胸につけた。

「あ、ソレ」（J・Gのお母さんの）といいかけて口をつぐんだ。上海のバスルームで盗むところを見た。ソーニャは、

「知ってたわよ。J・Gと二人で私のハダカ覗き見したでしょ」

「バレていたか」

「そこの赤い紐とって」

「え、ぼく、きみのひもじゃないよ」

それは無視して、

「いまから三〇〇〇年まえ、イスラエル人の一隊が、エジプトを脱出したあと、蜜流れるうわさを信じ、カナンをめざしたの、そこへたちふさがったのがエリコの城壁ね。ヨシュアは、ひそかに二人の間者を送りこみ、エリコの中を探れ、と命じた。彼ら往きて妓婦《あそびめ》ラハブの家（harlot house）にはいりてそこに寝《いね》ける。娼婦は深紅の捻糸（scarlet thread）を城壁から垂れ下げスパイを逃したの」

「忠臣蔵のお軽みたいだ。ぼくはさしづめ勘平だ」

「それをいうならペレアストとメリザンドといってよ。スパイは赤い紐を目印に遊女の身内だけたすけて、あとは皆殺しよ、わかって、スパイと娼婦は昔から、裏切りの同志なの」

後夜《きぬぎぬ》の睦言

「須磨雄は、プリンス・コノエって知っている」

采女ホテルのフレンチウインドウの向こうに春日神社の神域の森が見える。

「え、プリンス近衛って、近衛文麿の長男？」

「悪名高いプレイボーイ、戦争中、上海で蒋介石の女スパイにおぼれ、奉天に更迭され、敗戦でソ連の捕虜になった」

ソーニャは"Stellenbosche"という聞きなれないドイツ語を使った。

「なにそれ?」

「軍隊用語で、ひそかに更迭されることね」

「流石、ゾルゲのむすめだけあって、むずかしいことばを知っているねえ」

「プリンスから手紙が来たの」

「それって、文隆だね、戦犯で強制収容所に収監されて二十三年の刑を宣告された。それにしても、なぜ君宛に」

「ゾルゲあてよ、プリンス近衛は、収容所から必死にゾルゲに連絡をとろうとしたの。真の宛先は、近衛文麿の補佐の西園寺公一」

「よくもまあ」

「文面が不思議なの」

「どういうの」

「夢顔さんによろしく」

「え、夢顔? 夕顔 夢枕、夢幻、夢殿なら法隆寺にあるけれど、夢顔ねえ、なんだか聞いたことがあるなあ、そうだ、あいつだ」

と突然思い出した。

須磨雄のNHKの同期に、文麿の弟秀麿の次男で、春日大社に養子縁組して水無瀬川夢幻と名のかわった男がいる。権宮司(次席)だが、修行のため法隆寺の僧侶も兼ねていた。夢殿の若殿だから夢若とよばれていた。

戦時中、境内の鹿を食べて、神苑長に「神のお使いをいかにおなかがお減りあそばされたからとて、鹿鍋とは」と諫められた前科がある。そのとき、夢若は少しも騒がず、

「おれは春日の主神スサノオノミコトの子孫だ。スサノオノミコトは大蛇を八つ裂きにして民を救った。先祖に仕える鹿を食してどこがいけない」

と居直り、神苑長を閉口させた。

それどころか、戦後も法隆寺壁画改装のころ玉虫厨子に張られていた玉虫の翅（Beatle feather）をむしり取り、執事にこっぴどく叱られた。

「そもそも玉虫の翅は聖徳太子にお仕えするたかが虫だ、よって春日の御本体の方が偉い」

とかなんとか屁理屈をこねたが、以降、夢顔と呼ばれた。

苦しい収容所生活のなか、文隆は、この従兄を思い出したのにちがいない。（神鹿を血祭りに上げた夢顔なら、おれを救ってくれる）とシベリアの文隆は玉虫の翅をむしった従兄に藁をもすがる心持だったのだ。

「夢顔は、漢字で音読みではなんというの？」

とソーニャは不思議なことを聞いた。

「むがん、かな」

ソーニャが、がばとベッドから身を起こした。

「わかった、それよ、ムガンよ」

「意味わかんない」

「でしょうね、父は、アゼルバイジャンのムガンでうまれたの。誰かの小説にもあったわ」

「大きな町?」

「人口二、〇〇〇の炭鉱の町ね。父は一九年ヨセミテの学生会議でプリンスとあっているわ。そのとき何かあったらこの名で連絡し合うと決めたらしいの。プリンスの手紙はまわりまわって水無瀬川宮司のもとに届いたの、そして昨日采女ホテルに水無瀬川さんが届けてくれたのよ。でも父は処刑されていたわ、わたしにどうすることができて、須磨雄、あなたに上げる」

「ぼくがもらっても」

「母には、ゾルゲの年金がでているの。プリンス近衛は、その隠し場所を知っていたけれど、殺されても口を割らなかったのよ」

「さすが」

「手紙によると、年金は、法隆寺の夢殿の玉虫厨子の下に隠してあるの、二人で探しましょうよ、それこそ少年探偵団」

毛沢東が天安門広場で中華人民共和国成立を宣言してのち、スメードレーの墓は遺言により、北京に建てられ、白い墓碑銘には朱徳の言が刻まれている。

「中国人民の友、美国革命作家」

北京の冬は骨まで凍る。長い廊下の中ほどにぽつんと裸電球が黄色い光を投げかけている。その灯りの長い影を落として長身の外套の男が秦城監獄の独房の前に立った。文化革命以降軍管理の監獄で外套を袖を通さずに羽織り、手をポケットに入れたままなのはよほどの高官であろう。格子戸の外に椅子を置いていた不寝番の楊国光少尉が慌てて立ち上がり敬礼をしたのを軽くとどめて、解錠をうながした。奥にベッド、その脇の机にこちらに背を向けた小柄な老人の姿が見えた、脊筋はピンととおっていた。物音に振り返ると白髪のしたに眼だけ炯々と光を放っていた。

「同志伊藤律」

老人はこの二十七年間かつて聞くことのなかった呼びかけにぴくりと肩をふるわせた。

「周恩来です」

「え、中国共産党首相の？」

それにはこたえず、

「長い間、ご苦労でした。あなたのスパイの嫌疑は晴れました。いまウイロビーが、でっちあげを認めました。あなたをここまで拘禁したのは、日本共産党の要請もあったのです」

その次の周恩来の次の言葉は、かたわらの国光さえ度肝をぬくものだった。

「それから伊藤先生、ゾルゲは生きていましたよ」

伊藤律の能面のような顔には何の変化も現れなかった。さりとて自らが正しい、と居丈高に言いつのるのでもない。ときどきの毀誉褒貶を超越しているのだろうか。

「そうですか、わたしも、そう思っていました。上海のヌーラン事件の時と同じように、スパイの交換がおこなわれたんですね」

周恩来の方が、反応を知りたいのか、

「どなたと交換されたか知りたくありませんか」

「今となっては。でもきっと西園寺公一さんでしょう」

周恩来は、肯定も否定もせず、

「さあ、お入りください」

声に応じて、でっぷりした青年貴公子がゆっくりと部屋の中に入って来た。

「伊藤君」

「西園寺先生」

自分を売ったかもしれない伊藤律をじっと凝視し合う二人を見て、周恩来は、

「友遠方より来る　亦喜ばしからずや」

と、いったと楊は言うが、これも格言好きの楊の空耳かもしれない。マルキスト周恩来が論語を引用するだろうか。それともこれも高度な人質交換か。

そこへさらに周恩来のよびかけに応じて、反対側の扉が開き、炯々たる瞳の男がゆっくりと部屋の中に入って来た。

「タワリシチ・ゾルゲ」

じっと凝視し合う二人を目の前に周恩来は、

「歴史は二度起こる、一度目は悲劇として、二度目はファルスとして」とマルクスを引用したと、楊はいうが、楊国光が、ジョンソンと呼ばれていたゾルゲを見たのは、蘇州江沿いの中華料理店冠生園の給仕時代だからあてにならない。

「わたしは、おもわず李白の『蘇武』の五言絶句を想起したよ。

東ノカタ還エレバ沙塞遠ク

北ノカタハ河梁ノ別レヲ愴《イ》タム」

国光がくちをはさむと事全体の信憑性が揺らぐ。これも格言好きの国光の引用癖かもしれない。

そのとき突然煉瓦建ての建物が揺れた。唐山大地震である。頭上からばらばらと天井板が落ちてくるとついに猛烈な土砂が流れ込んできて、三人の首魁をのみこんでしまった。

一つだけ付記しておくと、

二〇一六年七月十六日、伊藤の次男淳の『父・伊藤律』の出版記念会の席上、これまで伊藤の告発は時間的に無理としていた渡部富哉は、伊藤が、中国から帰って書いた遺書に「今にして思えば、ここには尚真相不明な当局の策謀があったが、度を失っていたわたしはやすやすと敵の罠にはまった」とあるのを公開した。

尾崎秀実とスメードレーが、今生の最後に再会、アイスクリームを食べたアラスカのある朝日新聞の下で、須磨雄は、のちに丸山真男とふたりで「べ平連ニュース」を売ったが、丸山は、律についてこう書いている。

「ベリヤや伊藤律のような『裏切り者』についての公式発表には、彼らがそもそもの出発点から邪悪な素質と意図をもって運動に入り組織の中で着々とその目的を実現して遂に党や国家の最高幹部にのし上がったというような遡及論的な論理が使用される」（『スターリン批判における政治の論理』）。丸山は、律が特高の言うままに日付『遡及』したことを知ってもこう書いたろうか。

西園寺帰国一九七〇年、周死亡一九七六年一月八日、伊藤が日本の土を踏むのは、一九八〇年九月九日陰暦重陽の節句である。

数寄屋橋のハンスト

「へえ、ここが数寄屋橋、父の入りびたったラインゴールドはすぐちかくね」

女優ソーニャは、韓国の詩人の死刑救援のために東京数寄屋橋のたもとのハンストのテントにずかずかと靴のままのりこんだ。つれてきたのは、戦後はじめてゾルゲ伝を訳した研究者で、ハンスト中の小説家に尊大に問いかけた。

「放送局を女優とのことでしくじったという男が参加しているというから、奇特なこともあるものだ、と覗いたのだが、姿が見えんが」

こんなテントのなかでもきちんとひざをおって、恩師の『パンタグリュエル物語』の洒脱な訳を読んでいた小説家は、「さっきまでいたが、ある勢いのある作家とパーティにいった」とこたえた。翻訳者が重ねて、「なぜ君はいかないの」と問うと「都会派じゃないからね」とこたえる。須磨雄は、小説家のふるさと、四国の森と海を田舎というのじゃない、上海からみれば、日本全土が田舎だった。ともあれ、流行作家の通夜と二股かけた須磨雄は、テント（こちらは葬儀屋のテント）のなかで、黒メガネの小説家に誘われ、「ハンスト中ですから」とことわると、「ハンスト中でも水はいい、それなら酒もいい道理だ」、と黒メガネ一流の屁理屈。一杯飲んだら、すきっ腹にアルコールで頭がくらくら、冷たい雨も落ちてきて、気弱な須磨雄は結局、文壇バーへ出陣、飲むうちに肝心のテントに戻る気力も萎えた。

そのときまでにはソーニャも合流していた。ハンストで腹の減った須磨雄が、葬儀のおきよめの寿司の折を開いて、むしゃむしゃほおばっていると、水割りのセットを運んできたホステスが、がしゃがしゃとキュービック・アイスをかき混ぜて須磨雄に渡しながら、

「お客さん、さっきまで数奇屋橋にいたでしょう」と言うから「え、どうして知っている

の？」ときくと、

「わたしは三越の店員です、昼間テントにいったのです」

「それはまた御奇特な」というと、彼女はかすかに居住《いずま》いを正して、

「わたしは在日です、同胞のために有難う」と言って、豊かなブラジャーから皺のよった一万円札を出して握らせた。

須磨雄は、ソーニャに向かって懸命に説明した。自分を支えてくれているのは、昼は三越、夜は銀座で肉体を切り売りし、その稼ぎを須磨雄たちにおしげもなく委ねる名もなき在日だ。彼女こそ真の愛国者ではないか、『罪と罰』のソーニャのようだ。

「映画はどんなお話かしら」

とソーニャが話を引き戻した。

作品の主眼は、進駐軍の将校が美少女を裸にしてfilmにおさめ、美少女は深くきずつく。そして小説家の書いた農民一揆の映画を撮ろうとする。その少女役にソーニャがどうか、というのである。なぜ日本の少国民世代がアメリカにあこがれ、強姦されるのか、「それは敗戦のトラウマである」というのが、評論家加藤典洋の精神分析である。そういえば須磨雄は戦後見た日米野球で食べたホットドッグの味が忘れられない。ホットドッグの中国名は熱狗である。

「お前のことを純文学作家は近作小説で揶揄して書いているね」と黒メガネが言い出した。二人は浅草の染太郎でお好み焼きの鉄板をさらえている。縁台で待つ外の客をよそに鉄板の隅の焦げ滓をコテでごしごしこそげていた黒メガネはその手を休めずに、「世界賞作家は、お前が数奇屋橋で金芝河の死刑判決に抗議してハンストした時のことを取り上げて、さっきまで一緒に坐っていたのに、黒メガネとフケタって。それはお前が都会人で、自分が残ったのは田舎者だからと言っているぜ。お前の書いたエッセイはおれも読んだ。自分を支えてくれているのは、昼は三越、夜は銀座で肉体を切り売りし、その稼ぎをおしげもなく委ねた名もなき在日だ。彼女こそ真の愛国者ではないか。そのあとお前は車を飛ばして目白の椿山荘に出向いた。山形有朋の別荘だったホテルの前で車を捨てると、ここまで黙って運転していた初老の運転手がうしろもみずにいった。

『金はいらねえ、カンパだ』

だからおまえは駄目なんだ。これが平和運動のアジテーターならこれもいい。しかし小説にはならねえな。作家は演説しちゃあ、いけない。

あの小説家の近作『おれの体験』にたいして三島由紀夫がなんと言ったか知っているか。『これは主人もちの小説だ』と言ってのける。三島ともあろうものが、『主人もちの文学』と云うことばが、プロレタリア文学批判のコンテクストにおいて、イデオロギーを持った小説に向けてつかわれることを知らないわけはあるまい。三島はここで、世の中の通常の正義観にしたがう文学は間違っている。『あくまで言葉を通して世人の善悪を超える人間像を創出すべきだ』と批判しているんだ」

そういわれた小説家は、三島の刃を須磨雄に向けたのだ。（スキャンダルの子よ、なぜ改悛して平和運動をやるのだ、世間の批判に怯えただけだろう。なぜおれのとなりで金芝河をたすけるハンストをする。やるならホテルから飛び降りてみろ）とね。

須磨雄よ、小説家なら、読者にばかにされてみろ。所詮お前は三文文士、巨漢小田実の道化師だ、と黒メガネは純文学への嫉妬もかねて言いたい放題、須磨雄は余りの図星に涙こらえて、鉄板ごしごし。

スパイは誰だ

まるでユイスマンの黒ミサのように、黒い緞帳が重々しく垂れ下っている。横須賀軍港に停泊中のアメリカ海軍空母「イントレピット」から脱走してきた十九歳の四人のアメリカ人水兵を坐らせたまま、議論は続く。

「もしこいつらがスパイだとすると、われわれは全部米軍の軍事裁判にかけられ一〇年の禁固刑だ、へたをすれば死刑だが、それより、サイパンの断崖から突き落とされるかもしれない」

「そんなことをいって逆にこの四人をソ連に渡したら、オホーツク海の冬の海に叩きこまれて白クマの餌食かもしれねえだろう」

と北海道出身の花崎はプロテスタントらしからぬことを言う。

「しー、あいつら」と羊があごをしゃくって、

「もしこいつらがスパイなら皆日本語べらべらだ、無線機を持っているかもしれない、壁に耳あり障子に目あり」

「ではいっそ、我々で始末するか」

と花崎が言うのに、鶴見教授がいつものようにおっとりと言う。

「彼らをスパイとしよう、すでに我々の面は割れている。帰しても帰さなくても同じなら、かくまおう」

「そんな」

妙義山のリンチはなぜ起こったたか。彼らが陥った陥穽はなんだったのか？ それはスパイへの恐怖だった。スパイという言葉はそれほど恐ろしい麻酔剤なのだ。ひとたびその疑心暗鬼に襲われたら逃れるすべはあるまい。一刻でも早く解き放とう。

「担保を取ろう」

と須磨雄が言った。

「え？ 担保があるの」

「あるさ、映像だ」

「映像？」

「そうだよ。やつらを film にとろう。これで彼らは実在だ」

カメラが廻った。十九歳のたよりなげな青年たちが声明を読みあげた。

「私はアメリカ人である。わが憲法の精神に勝利あれ」

風体からして胡散臭い。青い目で一八〇センチの巨躯に、頭を丸めて、墨染めの衣を身にまとっている。菅笠を脱ぐと頭を丸めているが、金髪の剃り残しが目立つ。横浜港からバイカル号に乗せてウラジオストックに運び出したとき、出航の銅鑼が鳴ると、大桟橋から手を振った。あれは何かの暗号だったに違いない。それに馬鹿正直に四人のイントレピッドの水兵たちはハンカチもちぎれとばかり、手を上げ、それをまた岸壁から撮った写真を『朝日グラフ』に売り込んだ奴がいた。これでウラジオストック経由がばれた。

「初手から、あの墨染の衣といい、托鉢の編傘といい、あやしかった」と羊の眼力だった。

あの朝、須磨雄は、朝まだき湘南海岸を突っ走り、ＪＡＴＥＣ（脱走兵援助委員会）の栗原幸夫が鎌倉から運転してくる車と待ち合わせるはずのパシフィックホテルに滑り込むと、ホテルは倒産していて、人影とてなくあわてて、海風を避けて低い松の暴風林の影にまるで、朝帰りのデートの若者のように駐車した。ＪＡＴＥＣは、はじめに羊がテックという名を提唱した。非合法運動で当時テック（技術委員会）というのがはやったのだそうだ。せいぜい球根栽培法（火炎瓶製造）をテックしていただけだろうが。

「いこうか」

須磨雄は四人を連れて船のタラップに近づく。脇に長身のロシヤ航海士が制服で立っている。

墨染の衣が、数珠をつまぐっていた。

読経の声におくられて、銅鑼が鳴り響き、五色のテープが投げられ、燦々とかがやく陽光のもとかもめが鋭く鳴き交わし、汽笛がボーとなった。バイカル号は岸壁をはなれた。

須磨雄の目に上海航路が甦った。この海の彼方に母がいる。須磨雄の心に敗戦以来不可能と諦めていた旅への憧れが湧き起こった。

さすらいの旅の想いをのせながら
船は来る。遠くこの世の極みから
（ボードレール「旅への誘い」福永武彦訳）

翌週の『朝日グラフ』を開いて仰天した。

四人の脱走兵がバイカル号の舷側に凭《もた》れて手を振っているではないか？

頭にきた。どこのどいつだ。

新聞社の編集部員の吉本は、なにくれとなく好意的な記事と写真を掲載してくれていた。

編集部員に垂れこんだのは、あの墨染のヘンなガイジンであるということになった。

「あいつ、お出入り禁止だ！」

しかしどう考えても単純すぎないか。

編集部員は、こういう。

「須磨雄さん、あれは読者の投稿だった」

「いや、ＣＩＡだ。日米地位協定のために、日本の警察は脱走兵でも手が出せない、日本人を逮捕もできない、だからこそマスコミを利用したんだ」

ホテルから赤い紐はたらすし、あまつさえ、自らはしゃあしゃあと記者会見をするわで、さしもののんき坊主須磨雄も放送局を馘になってしまった。

それからというもの昼は反戦運動家、夜は、北海からの烈風の吹きつけるストックホルムのクングスガータンの王宮裏のポルノ街を徘徊し、当時はやり始めたイギリスのマリー・クワント考案にかかる超ミニからのぞく網タイツに勃起しつつ、若者雑誌向きのフリーセックス記事をおくるフリー稼業が身についた。あまりの寒さに震え上がり、ヒッピーの着るエスキモーのような、毛皮のコートを買って帰ったら、師匠筋の黒めがねから「何かい、ベトナム連とは北欧でレインコートを買ってくる連か」と毒づかれた。泊まるところはイガイガの突き出た皮製の鞭の下がるＳＭ専門娼婦の屋根裏部屋だった。窓の外には、同級生がノーベル賞を受賞した王立歌劇劇が見えた。携帯用の Oxford Paperback Dictionary を見ると、freelance

とは、「一人の主君につかえるかわりに、複数の雇用者に仕える人」とあった。

カデナ

朝栄さんとぼくは店の奥の小部屋に行った。大きな机があって、その上に送受信機やスピーカー・ボックス、ヘッドフォンとマイク、いくつもの測定機、電鍵、メモ帳、周波数表などなどが雑然とある。

（『カデナ』池澤夏樹）

ベトナム南部、サイゴン郊外二〇キロ、三層のクチ・トンネル無線室では、消えがてのNHK長波を必死に傍受していた。地中と水中には短波がとどかない。雑音にまじって、かすかな微弱電波がキャッチされた。いまどき時代遅れのモールス信号だ。カデナからだ。曹長は、暗号表を取り出し、地下の電源に手をのばし点灯した。二十四時間後に空襲してくるB51の爆撃目標だ。それを事前に把握、住民を避難させ、兵員を移動、そして高射砲とSAMミサイルをジャングルから出して高度を合わせて待ち構えるのだ。

相模原補給廠午前七時、米軍戦車を積載した超大型トレーラーは村雨橋に向かった。飛鳥田横浜市長が、村雨橋の積載基準を二十五センチオーバーするとして二か月ストップした。坐り込みが続き須磨雄も応援に行った。戦車ははみ出る尻尾をどうにかして村雨橋にかかった。そのとき遅くかのとき早く、デモ隊の中から四人の若者が飛び出し戦車の前に寝そべった。

（黒ちゃんだ！）デモ隊の隊列にいた須磨雄が割って入るまもなく、たちまち機動隊が十重二十重に包囲、四人を拉し去った。護送するサイレンが遠ざかり、そのあとを強大トレーラーは芋虫のように村雨橋をわたった。

カデナからの通信が終わると、ＮＨＫの長波がきこえてきた。

「べ平連のデモ隊が、相模原米陸軍工兵廠から運び出される米軍戦車の前に身を投じて輸送車を止め、四人が逮捕されました。四人は黙秘しています」

後に「戦車を止めた四人」として大きな運動となる一瞬だった。

黒ちゃんは、あだ名だ、その名のとおり黒々とした精悍な顔つきで、急ぐと少しどもった。三重の白子のスポーツ店の長男だった。中央大学法学部の一年生で、入学してすぐにべ平連に来た。日ごろはおとなしい青年で須磨雄は彼に書斎のスクラップの整理をたのんだ。いまも彼が整理してくれたスクラップが書斎の書棚にずらりと並んでいる。黒ちゃんは、法学部の学生で弁護士志望だった。逮捕され、彼らは少額の罰金を拒否し、禁固刑を選んだ。釈放されると、黒ちゃんは、いつも神楽坂のべ平連の事務所に詰めて、「支える会ニュース」を書き、印刷し、全国に呼び掛けた。

ベトナム戦争が勝利したとき白子の黒ちゃんの父親は、

「これで息子もベトナム政府から勲章をもらえるのでは」と言った。

勲章はとどかず、黒ちゃんの父親は三陸海岸の宮古の浄土ヶ浜で入水自殺した。須磨雄はのちに三陸鉄道に揺られて、手をあわせにいったが、まるで仏画のような美しい場所だった。白子と似ているのだろうか。

白子の店は母が支え、妹は浅草の靴屋に勤めながら、未解放部落の解放運動に没頭した。黒ちゃんの弁護士志望は、自分の公判に役だたなかった。

べ平連運動は一人も自殺者をださなかった、というのがひそかな誇りだが、父親は勘定に入れないのか。

ホ・チミン市解放二十五年に市から二一五キロはなれたクチトンネルにいった。そこの部隊長が、「いかにNHKの長波できく戦車を止めた話が、地下のわたしたちを勇気づけてくれたか」とはなしてくれたとき、「それは黒ちゃんだ」と須磨雄は叫んだ。

"Kuro! Negro?" ときくから、

"Japanese"

と言った。黒ちゃん、これ以上の勲章があろうか。

沖縄、いまのシュワブキャンプで生まれた宮城與徳にアメリカで白羽の矢を立て、東京に送ったとみなされる鬼頭銀一は黒ちゃんの育った白子の水平社員であった。

人斬り五郎

西新橋、烏森の東政会の事務所だった。藤田五郎人呼んで人切り五郎がいた。あれはまだ沖縄の復帰前、四・二六の沖縄デー協議会事務局長福地曠昭が刺され、おりしも本土代表団として訪沖中の須磨雄は、国際通り近くの病院をみまった。右太腿を包帯でがんじがらめにされ、ベッドのふちに固定された福地は「あの野郎」と叫んだ。

法廷はすぐひらかれた。若い血色のいい容疑者で、広域暴力団構成員だった。表の顔は建設会社社員である。社長が組長である。

甲州街道が四谷方面に拡張されていないころ、新宿広場でフォーク・ゲリラがギターを奏で、夜ごと須磨雄はそこらを徘徊していた。ガタピシと木の扉を開けると、フロア一面落花生の殻で埋め尽くされ、あるくとバリバリと音立てて割れた。奥には赤軍の塩見がいた。こちらには新宿の顔役の万年親分がいた。親分の情婦ピー子が須磨雄を大木戸の木造アパートにさそった。そこで親分から那覇の親分に紹介状を書いてもらった。

組長に復帰について尋ねると「天皇なんか関係ない」といった。それを発表したからたまらない。

彼からよびだしがかかった。東京にいるという。

東政会も幹部になると、日本語があやしくなる。ウチナンチュではない。ハンゴクマルだ。

総長がそうだった。

「組長の発言については、一部真意にそぐいません」という訂正だかおわびだか、不明な文章で手を打った。

脱兎のごとく飛び出して家に帰ると電話が鳴った

「警視庁だが、あなたはいま東声会でおどされていなかったか」

「そういうあなたが警視庁である証拠があるか」

「では一一〇番にかけてください、あたしがでます」

すぐに同じ声が出た。須磨雄は、

「たしかに組に行きました。脅されたかどうかは受け取り方次第でしょう、危害は加えられていないから、あなたにおはなしすることもない」

暴力団なんかと話したこともなかった須磨雄も一人前のトップ屋になっていたのか。

ほどなく藤田五郎は銀座のホテルでビニール袋をかぶって自死した。

娘から電話があった。

「葬儀はしませんでした。父は最後にこう言いました。あの時東声会にいた。死んだことだけ伝えてくれ」

ハノイへ

ビエンチャンを飛び立つときは、ジャングルの上にまだ白い光がただよっていた。大蛇のようにうねるメコンの流域は原生林のままだが、市内には、アメリカとソ連の城塞のような大使館がどちらも頑強な塀に守られ、屋上にはレーダーが回転し、無線用のアンテナが林立していた。飛行場の敷地に沿って点々と浮かぶ哨戒用のアドバルーンや、ときどき索敵のためにおとす煙幕が雲のように棚引き、国際監視委員会の尾翼にジェットエンジンをもったキャラベル機が、その中へまっすぐ突き進んでいった。

扉がしまると、カナダ空軍の制服をきたキャプテンが、イギリス式の敬礼をした。

"Welcom to our Carabell, Sum"

"Jimmy!"

そう、国際平和委員会はカナダやオーストラリア軍が運行にあたっているのだ。おどろいたのは、こんな飛行機にも水色のユニフォームを着たキャビン・アテンダントが乗り組んでいて、気取ってハンドスピーカーで言った。

"Ladies & Gentlemen, welcom on boad bound for Hanoi, Sum!"

" Ah, Sonja!"

"Yes sir, What coincident Sasuke is the Co-Pi !"（偶然ね、佐助がコーパイ（副操縦士）よ）

南国の落日ははやい。夜の帳が落ち、燈火を消したまま闇の中を四〇分ほど飛ぶと、突然窓外に、闇を矩形に切り取って、橙色の電球がいっせいに点灯した。ハイフォン空港だ。その光の枠の中にか弱い蛾がピッタリとはまるように機は車輪をとめた。

"Nice landing , J.G."

と須磨雄は拍手した。

紅河の筏のような木橋を渡るヘッドライトを半分消燈したトラックの木製の荷台で、四人はなまあたたかいベトナムの夜風に吹かれていた。J・Gの白いマフラーが蛾のように舞った。

「Sum、君はこんなところまで飛んできて、何しているんだい、作家になるのじゃなかったのか」

「そのつもりだったけど、いろいろあって思うに任せない」

"Many things fall between the cups and the lips（一寸先は闇、好事魔多し）"

わきからすばやく、ソーニャが口をはさんだ。

「Sumはね、放送局でスキャンダルを惹き起こして、自分が脱走兵になっちゃったのよ」

須磨雄は、ソーニャの耳元でささやいた。

「きみだって、いつの間にスチュアーデス？　ほんとは、何しているの？」

「蛙の子は蛙、スパイの子は、スパイよ」

ケロリとしている。

闇の中に熱気球が埋め込まれているように熱い。ホテル統一《トンイット》（グレアム・グリーンが『おとなしいアメリカ人』の舞台にしたホテル・メトロポール）から抜け出して、返剣湖まで夕涼みに出た。プラタナスの下に鉄カブト姿の男女が肩を寄せあっている。ソーニャの唇も大気のように熱かった。

翌朝早く、三人は国際監視団のボートに乗って「アポカリプス・ナウ」（『地獄の黙示録』）のようにジャングルを南下した。熱帯雨林を抜け、直射日光の差す平原に出て、三人は息を呑んだ。熱帯雨林の木の葉は全て落ち、白い骨のような枝が、墓場そのまま林立していた。エイジェント・オレンジ（枯草剤）によって緑は全く消えていた。J・Gは、ひたとこの世のものとも思えぬ光景を見据えていた。

この世ならぬ光景を、J・Gは、触れるもの全てが結晶化する死の世界『結晶世界』に結実させるだろう。そこでは樹木についで、人も蛇も、目から結晶していく。ヒロシマ、ナガサキ。

J・Gは自ら企画した残虐行為展覧会のプログラムにこう描いている。


わたしに言わせれば、破壊された車は、もっとも力強い活発な情動の蓄えられた容器であり、われわれの生活を支配している暴力と感覚の新たな論理のなかで大きな影響力を有するシンボルなのだった。一九六〇年代を席巻した理性と悪夢の結婚はさらに曖昧な世界を生み出した。コミュニケーションの舞台を不吉なテクノロジーの亡霊とお金で買うことのできる夢が闊歩している。熱核兵器システムとソフトドリンクのコマーシャルが、広告産業と擬似現実、科学とポルノグラフィによって支配されている不安定な領域に共存している。感情と情動の死によってついにわれわれは解放されて、自分たち自身の精神病理をゲームとして自由に追求することが可能になった。(『女たちのやさしさ』)

この衝動は、J・Gの最後の瞬間によみがえり、激しいクライマックスとともに実現する。

翌朝、小田実と返剣湖に沈む、小銃で撃墜されたB52の残骸を観ていると、突然上空に軽やかなエンジン音がして、湖面すれすれにキャラベルが降下してきた。操縦席からJ・Gが特攻機のように白いマフラーをなびかせ、翼を左右に振ると戦火のハノイからビエンチャンめがけて飛び去って行った。

小田実が、あきれて

「おまえ、ほんとにひとづきあいがおおいな、なんであいつら知ってねん」

「上海の腹心の友だ」

「お前上海育ちか、どうりで、東京のべ平連とあわへんのやな」といった。

夕べ、ホテルメトロポリタンの一室で、二人は、下痢止め丸薬の色をめぐって言い争った。大阪育ちの小田実は正露丸をだして「この黒いのがなんとも効きそうやないか」

須磨雄は生まれ故郷の神戸市長田のビオフェルミンの工場を思い出して、

「この白いのがいかにも腸にやさしそう」といい、二人は黒と白の丸薬を交互にポリポリと噛んで、翌日からの甘ったるいサイダーの並ぶ会談に備えた。

ベトナム作家同盟のグェン・ティ・ディン書記長らと自分の作品について話し合った。グェン・ティ・ディンの『堰が壊れた』は、一九三九年、日本軍の南進時代の話だった。ソーニャの父の電報は当たった。日本軍は米作のかわりに砂糖を植えたので、四百万人が餓死していた。

帰途、小田実は、ぶっきらぼうに言った。

「お前、スパイ小説書きたいんやろ。ルポだけでは、旅費の足が出る。ビェンチャンは、スパイの巣窟だそうで、残って取材して行けや」

ソ連平和委員会と蝶ザメ

ソ連圏の平和委員会は、国交のない国々との外交に当たるソ連の官僚機構である。ここで日本の平和委員会は、外交関係のない共産国との交渉窓口となる。ベトナム人民共和国に渡航するのには日本の平和委員会を通じて北ベトナムのビザをもらう。したがって赤旗の記者と「日本電波ニュース」しか入れない。小田と須磨雄がハノイに入れたのは小田が、チェコの南ベトナム解放戦線から直接OKをとったからである。国際監視団の飛行機でハノイに飛んだ時、隣席には「日本電波ニュース」の柳沢社長がいた。この男は東大出のキレ者で戦時中NHKの出世の要件とされる三テイを満たしていた。すなわち、帝大、低能、逓信省である。柳沢も戦時中は、天皇を讃美し、戦後はいちはやく共産党に入党、管理職ながらストの赤旗を振り、レッドパージになると北京に現れた。

ハノイからの帰途、モスクワのゴーゴリ広場にある平和委員会をたずねると、待っていたのはタラソフ副委員長だった。ナンバー2だろう。わきにこのあと亡命するレフチェンコ書記がいた。それより驚いたのは、通訳はソーニャだった。

タラソフは須磨雄に「次は原潜の乗組員をおくっていただきたい」と露骨な要求を出し、須磨雄が「我々はインツーリスト《ソ連の旅行公社》ではない」と言ったのに、ソーニャがすまして「努力します」と訳した。あとでトルストイの「戦争と平和」のロストフ伯爵の邸宅を分捕ったソ連作家同盟直属の食堂でソーニャに、

「なんであんなでたらめを言うんだ」と言うと、ソーニャは、チョウザメのムニエルを取り分けながら、

「作家同盟だってちかごろはチョウザメをなかなか食べられないんだから」

とけろりとしている。

「原潜乗組員の要求は?」

「ハイ、と言っておけばいいのよ、どうせ二等水兵ぐらいしか脱走しないんでしょ」

この旅では羽田の税関の方が危機一髪だった。

帰京の朝、発売の『週刊文春』で黒メガネが「何かい、べ平連は海外に行ってはポルノを買ってくる団体かい」と毒づいた。読んだ妻が真っ青になった。小田実が出発直前、羽田空港で闇ドルで挙げられていたからである。

それからがすごい。妻は須磨雄の、テレビディレクター時代に、小田実のテレビドラマで起用したカメラマンが羽田勤務であることを思いついた。

アエロフロートが羽田に着陸し、ドアが開くや否や、放送局の腕章をこれ見よがしに巻き、ベル・アンド・ハウエルを手にした熊のように肥った沢井健侑カメラマンが飛び込んで来たと思う間もなく、いましもタラップを降りようとした須磨雄の手から機内持ちこみ用の鞄をひったくり真っ先にタラップを飛びおりた。須磨雄は、後輩が荷物持ちに来たのかと、のんびりと税関を出てくると、外で待ち構えていた沢井が、にやりと笑って、「ほら、ポルノ」と手渡してくれた。沢井カメラマンはその直後、福島の南相馬支局に配転され、放射能で死んだ。

Help Garcia

一九八一年第二回国連軍縮会議は、核兵器廃絶がテーマで、日本では、須磨雄は、中野孝二や木下順二たちと、文学者の反核声明を発表、井伏鱒二をはじめ多くの作家の署名を集めた。それをもってニューヨークに出発しようとして赤坂のアメリカ大使館に出頭すると、査証担当の領事が出てきて、「共産党およびそれに affiliated（加盟）したものは入国できない」と言う。

「どうしてだ」

「なぜなら、共産党およびそれに関係する（affiliated）人間は入国させないという、マッカラン法二二条に抵触する」

「国連取材で行くのに、アメリカの国内法で入れないのはおかしい、それに自分は、共産党員ではない」と抗弁すると、

「Problem is you（お前が問題なのだ）」

ギリギリまで待たされ、もう、総会も始まる前日の日曜日、成田を飛行機が出発する二時間前に赤坂に出頭せよ、という。とるものもとりあえず出頭すると、「国連周辺二マイルに限る」と条件付きだ。そこから成田に直行した。ＪＦＫ空港の入国管理官はこの制限を見て「アラファトなみのヴィザだ」

とマジマジと須磨雄の顔を見た。

翌朝国連ビルに出かけた。East River 沿いに高くＵＮビルの事務棟がそびえ、その前に演壇ができて、アメリカペン・クラブの Ms. Pelly が演説をしていた。

デモはお祭り騒ぎだった。プエルトリコの少女鼓笛隊が跳ねとぶと、パペット・グループの大きな紙人形の麒麟がのっしのっしとあるいてくる。一〇〇万のデモ隊が表現の自由を享受しているのに、その中でただひとり須磨雄は「国連周辺二マイル」と言うアラファト並みの条件に縛られている。

その後もヴィザの制限は解けなかった。五年後フルブライト交換教授となったときも、須磨雄のヴィザは入国一回のみとなっていた。直後、コロンビアで国際ペン会議が開かれ、須磨雄はアメリカから、コロンビアに出国した。

会議は刺激的だった。

ペン大会の席はアルファベット順である。H、I、J、Kと並んでいる。Japanの左の〝I〟は、Israel代表である。髪をGIカットにした浅黒肌の精悍な男だ。イスラエルの情報機関MOSADOの諜報員で、イスラエル非難決議に反対するために送り込まれている。Japanの右は、Korea、Kurdと続く、韓国代表は、朴体制支持派で、金芝河救援の日本とは対立している。Kurdの立場はわからない。しかしかれらの支持がなければ、日本提出の核兵器反対の決議は望むべくもない。明日の提案に向けて左右の代表に投票を根回しする。

いよいよ投票当日である。

左右を見て呆然とした。三代表とも影も形もない。

イスラエルのモサドは、イスラエル非難決議案を葬り去り、帰国した。

「Koreaはどこへ」と女性事務局員にきくと、

「さあ、きのう、マチュピチュ見物に行くと話していました」

(観光旅行か、では、Kurdは?)

「あの人たちは国がないからどこへ消えたか」

と、事務局員は首をかしげた。

日本提出の反核決議案は一敗地にまみれた。しょげていると、ボゴダの植物園の、生い茂る羊歯の下で、オランダ・ペンの代表が須磨雄に声をかけた。

「羊歯に囲まれるとおもいだすなあ、おれのおやじはバタビヤの植物園の園長だった。よく羊歯を折って叱られたものだ」

国際ペンクラブ、オランダ代表のヴァン・ホーヘンは須磨雄と同年で、大柄だが温厚な作家だった。一九四八年東京大会のまえで、遠慮がちに寄ってきてこう訊ねた。

「Sum、きみは平和運動の advocater (擁護者) ときいたが、ぼくの東京大会の発言で相談がある」

「なんでも」

「親父もおふくろもぼくも、日本軍に三年半、収容所にいれられていたんだ」

「え、植物園のこどもまで?」

「ああ、だからヒロシマ・ナガサキに原爆が投下されたと聞いて、これで解放されると大声で喜んだんだよ」

「そうか」

「そういう話を東京大会でしていいものだろうか」

「いいさ、そのためにペンクラブはあるんだ、広島や長崎をたずねてくれればもっとうれしい」

ヴァンは来日したが、結局なにも発言しなかった。ここにもJ・Gがいる、と須磨雄は思った。

東京大会でのメイン・スピーカーは、ドイツ系アメリカ人作家カート・ヴォネガットだった。彼はヨーロッパ戦線でドイツ軍の捕虜になり、ドレスデンに収容されていたが、その上を友軍のロイヤル・エア・フォースの無差別爆撃が襲った。二十年後ヴォネガットはその体験をSFにした。タイトルは英語で、"Slaughter House No.5"という。

須磨雄は、東ドイツのドレスデンでAA作家会議が開かれたとき、そこをたずねてみた。ツビンゲン美術館は廃墟のままで、おぼつかないドイツ語で、トロリーバスをのりついでいくと、終点が"Schlachat Haus No.5"という停留場で、目の前は巨大な食肉処理場だった。いま日本では『屠殺場五番』は差別語として絶版になっている。

東ドイツの会議のパレスティナ代表は、詩人のマフムード・ダルウィーシュだった。エジプトのナセルの股肱、ユーセフ・セバイがキプロスでエジプト軍特殊部隊に襲撃され暗殺された直後で須磨雄が弔辞を述べると、ダルウィーシュは、

"Nice Condoleances"（いい弔辞だったよ）

黒い森の中の鉄条網で囲まれた兵営の中で声をかけてくれた。

彼の詩——。

昨日はいつだってより美しい日だった、などと
わざわざ口にするような、幸福な少年ではなかった。（「壁に描く」四方田犬彦訳）

またＪ・Ｇがいる、と須磨雄はおもった。

ホテル・ヒルトンを出ると、椰子の木がカリブの空に高くそびえている。そこを右折するとアメリカ領事館の外にはもうこの時間からヴィザ申請の長い行列ができている。最後尾につく。

二時間待ってやっと須磨雄の番がきてパスポートを差し出すと、ＧＩカットのわかいアメリカ大使館員が、

「あなたのヴィザは、アメリカを出国したことで無効《ヴィイド》」

「そんな」

須磨雄はアメリカ入国の single visa を所有していれば問題ないとおもっていた。しかしアメリカから見れば、日本に帰国しようと、コロンビアに出ようと、アメリカを出国したら、オシマイ。一年間アメリカに滞在するため家族と入国した直後である。ここで路頭に迷うわけにはいかない。日本大使館に駆け込んだが、日本大使は努力すると言っただけだ。

須磨雄はそれから会期間中、朝一番で高い椰子の木の木陰のアメリカ大使館に日参したが、埒があかない。いつか一人減り二人減り、チリの軍人、赤ん坊を抱いたベネズエラ人、ついに一人取り残され、

"My viza?"

"Come tomorrow"（あさってこい）

窓口が閉じられる。すごすごと会場のあるホテルに戻る。ホテルに教会があった。暗い室内で十字架のイエスに問うてみる。

「主よ、わたしはそんな犯罪人ですか？」

「当たり前だ。あれだけアメリカを敵として戦ったのだ」

東京のひげの領事の返辞が甦る。

"Problem is you !"

出発前、筑紫哲也が、「反戦活動家の須磨雄を入国させるとはアメリカ民主主義は度量が大きい。脱走兵をかくまったきみを入れるとは」

だが、度量なんか広くない、狡猾なだけだ。

『汝の隣人の妻』を書いたゲイ・タリーズたちのアメリカ代表団は陽気に帰国した。コロンビアの、ヒルトンホテルですることもない。最初の夜は、ミュージカル『エビータ』を見に行った。英国生まれのミュージカルとはいえ、アルゼンチンのペロン夫人を主人公にゲバラが狂言回しのこのミュージカルをカリブの風の行き渡るピロティのある劇場で、スペイン語で見るのは真実味がある。吹き抜けのピロティからながめると、向こうの山肌のツパマロス・ゲリラが潜むという貧しい居住区の灯が星のようだ。四晩目はもうすることがない。代表団の去ったホテルに残るのは娼婦だけだ。部屋はメゾネット（二階だて）になっていて、螺旋階段を上るとベッド、下は洗濯機やキッチンのついた滞在型ホテル。よしここに長期で粘るか、不安が迫る。扉をノックする音がする、誰？　まだ少女のようなあどけない顔におおきな胸を持っている双子のネイティヴの娼婦が「ダブルでどう？」

四つの大きい乳房にかわるがわる顔をうずめながら突然、どこかで記憶にある光景だ、と思う。どこだろう。モスクワ、東ベルリン、いやちがう。そうだ、ビエンチャンだ、小田が去り、一人残った、そこへ電報「チチニュウインス　スグモドレ」。だがそのときもすぐには飛行機もなく、淫売窟で不安を紛らわせた。結局、小田実のすすめたスパイ小説はできなかった。

山肌に貧しい民のランプの灯がチラチラする。

いよいよ予約したパンナムが出発する朝、また高い塀と椰子に囲まれた大使館に、だめもとだと出かけた。

すると、窓口で若い男がパスポートを出してきた。

なんと流暢な日本語で、

「あなたのヴィザです」と言う。

「え、どうして日本語を」

「沖縄で育ちました」

どこまでひろがる監視網。

マッカラン法で入国を拒否された作家はグレアム・グリーンとガルシア・マルケスだった。ガルシア・マルケスは、生まれ故郷のコロンビアのボゴタのペン会議場のピロティの下で烈日を避け、カリブ海の微風に吹かれながら、言った。

「おれの本が何十万と入っているっていうのに、著者のおれがエルパソの橋をわたれないとは」

帰国して、ニューヨークタイムスが取材に来たので、あわてて言った。

「いくらなんでもぼくはそんな世界的作家ではない」すると記者は言った。

「言論弾圧の被害者では同格です」

そのあと須磨雄は、イエール大学ローゼンタール記念講堂の人権と入国シンポジウムに招待された。会にはアジェンデ未亡人が参加していて、階段教室の最上階から、スペイン語訛りの英語で激しくアメリカ帝国主義を痛烈に非難した。根性が違う。

帰国後、渡辺一夫の『フランス・ルネサンス断章』のミシェル・セルヴェの章を読んだ。先生のセルヴェ好きをもじって、須磨雄はひそかにフランス・カブレエと呼んで学友に爪弾《はじ》きされた。先生は、学生に対して一人一人ちがうことをいう。ある学生には「ロマン・ロランはユマニスム」と教えたのだろう。須磨雄にはこう唆かした。

「仏文の学生はどうしてサルトルばかり読むんでしょう。ボクにはさっぱりチンプンカンプン、それより『三銃士』読みなさい。ボク大好き」

信じたぼくがバカだった。セルヴェは、カルバンの「三位一体説」をみとめなかった。神は一人だ。そして火あぶりになった。

その最後のさまを先生は駄洒落の宝庫のパンタグリュエルの訳とちがって、長い文節を一気に書いて、炎のような一文である。

長い間寒さとしらみに悩まされ、腹痛とヘルニヤとに苦しめられ、また度重なる尋問に生気をすっかり絞り取られてゐたセルヴェは鉄鎖で棒杙につながれ、首の周囲には綱が四重五重に巻かれてゐた。両手は縛られたままだったので、脇の下あたりに、一五五三年にセルヴェがカルヴァンの批判を仰ぐために送った『キリスト教復位』の草稿と一五五三年判の印行本とが、同じく綱でくくりつけてあった。頭の上には、硫黄を塗った木葉の冠が載せられていた。生木を用ひたせゐか、火を点じても薪はなかなか燃えず、とろ火と煙の中でセルヴェは悶え苦しんだ。呻吟しながらも、「永遠なる神の子、主キリストよ、我を憐れみたまへ」と叫び続けた。

「そうか」と須磨雄は、やっとさとった。人間はほっておいても死ぬ。カルバンが焼いたのは、有限の肉体ではなくて無限の書物であった。

人は死ぬ、焚刑だろうと、銃弾だろうと。それは延ばせない。言論、著作は人が滅す。それを守れ、と叫んだのだ。

ガルシヤよ、ぼくは今まで、自分の命の方が大切と思っていた。ちがう。一粒の麦、もし死なずば、だ。本を燃やさないこと、これが文化である。

ガルシヤよ、君がエルパソ川を渡れなくても、君の本は渡る、君は勝った。オレはまだ何も書いていない。いつかボクの『三銃士』を書くぞ。


国連の中華人民共和国の代表に随行していた楊国光とブルックリン・ブリッジの下の公園であった。楊は、カーキ色の仕立てのいい人民服に、紅旗のバッジを輝かせていた。

須磨雄は自分の困難なパスポートの話をうちあけた。すると何を思ったか、楊はこんな話を始めた。

「あそこに Brooklin Bridge が見えるね。まるで上海のガーデンブリッジみたいあるね。わたし、はじめて、Gotham City（NY）にきたのは、中国が、国連に加盟した時だった。最初にどこにいったとおもう。須磨雄？」

「自由の女神？　WTC？」

「違うよ、ブルックリン・ブリッジあるよ。ぼく、ジュールス・ダッシンの『Naked City』みたよ」

「ギリシャ系の Jules Dassin のアカデミー賞映画」

「人殺しの凶悪犯が、ＢＢのてっぺんにおいつめられて、橋のいちばん高いところから下をみる。テニスコートに白いスカートの少女がテニスをしているのが豆粒のように見える。移民の犯人のＮＹに対する疎外感を一瞬でうつしだした。そのときぼくは上海のある朝を思い出した。ぼくは、ガーデンブリッジの上のブロードウエイ・マンションの窓拭きだった。そのときすぐ下の橋の上でさわぎがおこった。二台の自転車が衝突して、こどもがふたりたおれた。橋の両側から、イギリス兵と日本軍がかけつける。銃声がして、僕の拭いていたガラスに命中、破片が雨のようにぼくの頭にふりかかった。それが、Ｊ・Ｇと、きみさ、須磨雄」

「え、あのときあそこにいたの」

「そこへ、おおきなパッカードがとまった。そし少女がおりてきた。あれが僕のテニスの少女さ」

「奇遇！」

「ユダヤ人のソーニャや中国人のぼくには、きみやＪ・Ｇは別世界の住民だった。いまもおなじあるね、中国、安全保障委員会常任理事国あるといってもね」

「ぼくなどやっとそのアメリカに来たというのに、ヴィザときたら、国連周辺二マイル、ガルシア・マルケスがノーベル賞をとってもエルパソを渡れないようにね」

するとと楊が言った。

「禁書抗儒の本家、中国あるよ。秦の始皇帝は、医学と種の出来る樹についての本以外全部焼いて、学者数百人抗に埋めた。日本人、本焼く代わりに人殺す。なぜか」

「わからない」

「日本人、おどされると口つぐむ。中国人つぐまない。司馬遷は宦官になっても『史記』書いた。日本人、百年先考えない。中国人千年先考える、ユダヤ人二千年先予言する」

楊国光の柔らかな両手が須磨雄の手をとった。

「思いきって言うね、君は小説家といっても中途半端、平和運動家としては、売名の徒、商業左翼と言われていること、よく知っているよ。君も僕も国連二マイル外立入禁止あるよ。でもだからって何よ。あなた、ヒロシマの10フィートのフィルム苦労してアメリカに運んできたね。だからアメリカは、あなたに国連二マイルのヴィザしか出さない。あなた、ここに来て、一人ぼっち、でもあなたには大切な役目あるよ。日本人として、ヒロシマ、ナガサキの原爆の非人道性を伝える役目あるよ。それ、ミシェル・セルベエの役目よ。J・Gもそうしてるよ。いま、あなたの行動半径はせまい。でも十フィートのフィルムを二マイルに、二マイルを二十マイルに、二十マイルを二万マイルに拡げるのが須磨雄の役目あるよ。Too much humility is pride（卑下も自慢のうち）。いや、これ二十世紀に生きる僕らの役目あるよ。ガーデン・ブリッジと、ブルックリン・ブリッジと二つの橋、架橋するの、ぼくらの使命よ」

上海で赤いアイスキャンディーをさし出した楊の手は、いまや、がっしりした成人の掌だった。

ヴァンドーム広場に沿って、シャレードの亡霊

コンコルド広場の無数の街灯が中央のオダリスクを埋める星のようにまたたきはじめた。ホテルプラザやカルチエなどのブランドが軒を接し、パリでもっとも優雅な広場といわれるヴァンドーム広場の中央円柱にはナポレオン像が睥睨している。パリ・コミューンのころ、十七歳で、ウルグアイから母国に戻った早熟な詩人が、処女作「マルドロールの歌」のなかで、金髪のイギリスの美少年マーヴィンをてっぺんから振り子にしてセーヌ川までとばしてシュールレアリズムの祖となった。

「まあ、こわ」とソーニャ。

「ぼくはいつもそこを読むとJ・Gをおもいだす」

マドモアゼル・オルタンシヤをうたったイヴェット・ジローのようなジバンシーのAラインのフレアスカートを身にまとったソーニャと観光客をよそおって、アルマ橋から、観光船バトームーシュにのってアポリネールのミラボー橋まで時間を潰してきたところである。

「何だい、その野菜カゴみたいなのは？」

「ディオールのカラージュ（野菜籠）も知らないの」

日も暮れる。鐘が鳴る。

「アポリネールはなぜこんな無骨な鉄橋がよかったんだろう。ガーデン・ブリッジのほうがよっぽど立派だ、懐かしの四馬路《スマロ》だ」

「それをいうならスマオでしょ」

ソーニャは中国語日本語ちゃんぽんでダジャレを言うまでになっている。

須磨雄は、パッシー河岸の放送局のちかくのクレベール会議場でアメリカ、南北ベトナムの和平交渉の記者会見を取材するふりをして、南ベトナム解放戦線グエン・チビン代表と脱走兵の送り出しについて突っ込んだ話をしてきたところだ。ビン夫人は微笑を絶やさず、しかし断固として言った。

「わたしたちはジャングルで正規軍とたたかい、あなたはジャテックで脱走兵を運ぶ」

そこを出て、地下鉄が川面をわたるビル・アケム橋をのぞむアパルトマンで第四インターの書記長とあった。広いスタジオにグランドピアノが置かれ、そこで妙齢のピアノ教師がショパンをおしえていた。組織の名を「タンポレル」(仮の)と名のった。それからアンバリッドのエール・フランスのターミナルによって、チケットのリコンファームをすませてから、二人はシテ島まで散策の足をのばし、ノートルダム大聖堂は素通りして、蚤の市を冷やかした。

窓外のコンコルドの街灯が一斉に消燈した。オダリスクの尖塔だけが月の光に残っている。

「手紙が来たんだ、以前、バイカル号でイントレピッドの四人を脱走させた時、剃髪のあやしいアメリカ人の話をしたろう」

須磨雄はポケットから、一通の鳥の子紙の封筒を取り出し、なかから便箋に水茎麗《みずくき》しい墨でかかかれた便箋を取り出して読みだした。


「わたしは、べ平連にいながらあの男の情婦でした。若さのあまり、情欲におぼれてスパイの毒牙に処女の純潔をささげたのです。彼をスパイと知ったのは、あるとき横浜の領事館から手紙が届き、出向くと、港の見える丘公園を見はるかす大きな部屋の上の前に海軍少佐の軍服の彼が坐っているではありませんか」

そこまで読みすすむと、ソーニャが笑いだした。

「須磨雄、まさかあなたはこの手紙を真に受けているのじゃないでしょうね」

「真に受けちゃあいないけれど、あまりによく知っている」

「莫迦ね、これはオードリー・ヘップバーンとケーリー・グラントの『シャレード』のパクリじゃない。スパイが持ち逃げした公金を二〇万ドル相当の切手にかえてどこかにかくして殺される。それを追うあやしき男がケーリー・グラント、追われたオードリーがアメリカ大使館に駆け込んだら、なんとそこで待っていたのはアメリカ少佐のグラントだったって寸法でしょう。須磨雄、あんたはそれでも映画評論家?」

あてつけに、ヘンリー・マンシーニのテーマソングを、はなうたまじりでハミングした。

「いやそれは世を偲ぶ仮の姿」

と一本とられて、頭にきて、反撃に出た。

「でもそれじゃあ、なんでこんな手紙を俺に送り付けるんだ。意味分かんなーい」

「脱走兵を取り逃がしたCIAがあたまにきて、おれたちは知っておるぞ、とおどしたんじゃないの」

セーヌを渡るメトロの窓の明かりを追ってソーニャが言った。

「あのベラキム橋の由来知らないでしょう。リビア砂漠でド・ゴールの自由フランス軍が砂漠の狼ロンメルの戦車隊と激突、モンゴメリーの英国戦車隊のエル・アラメインへの撤退を援護したの。アラビア語だからビル・ハケムというのだけど、フランス人、Hをいえないからビラケムと発音するのよ、一九四二年五月十七日のこと」

「なんでそんなこと知ってるのさ」

「日本の司法省がゾルゲ事件を公表した日よ。ナチ崩壊の砲火がリビア砂漠に上ったことをあなたの司法省の情報網は察知できなかった。ポルトガルの須磨弥吉郎大使の息子さん、あなたの放送局の同期でしょ。本国に打電しなかったのかしら。ましてやチャーチルが『これは終わりの始まりだ』と名演説したなんて日本には知る人もなかったでしょうね」

「ぼくは、アフリカの突端近いアンゴラにもいったよ。モスクワから、ブタペストで給油、サハラ砂漠を越えて、セネガルでさらに給油、一七時間かかって到着し、ジャングルにひそみ、地球最後の植民地を打ち破った『アンゴラ解放人民戦線（MPLA）』とのネト大統領と握手した。ネトは癌で死の直前だった。兵士が、日本の langue commerciale（通商語）はなんだ、ときいたんだ。きょとんとしていると、かたわらの堀田善衛が「ジャポネーゼ」（日本語だ）といった。ポルトガルの植民地でありながら、公用語はフランス語にのっとられたアンゴラ。

ぼくはジャポネーゼでヒロシマの詩を叫んだ。

帰途、バグダットにおり、バビロンに足を伸ばした。列強が根こそぎ略奪した茫漠たる砂漠の果てに石像のライオンが一匹だけ孤高にうずくまっていたよ、バベルの塔のあとさ。バベルの塔は、ばらばらの言語を排除して、通商語を押しつけようとして、神の怒りに触れて崩壊した。打倒言語帝国主義！

チョムスキーは言った、火星からみれば人間はみな同じ言語を話しているって。赤い火星をさす Mars っていくさの神だろ」

「フランス語では、突飛な出会のことを、Mardi gras（告解の火曜日、カーニバルのおわり）でもないのに、というの、わたしたちのオムニバス（芝居の追いこみ桟敷）の突飛な出会いもおわりね」

二人はトロガテロ広場にエスカレーターで上って満員の観光客にまぎれてエッフェル塔によった。

「ねえ、『ローマの休日』のアーニャって知ってるでしょ」

「え、アーニャって」

「ヘップバーンが演じたアン王女」

「どうしてアン王女がアーニャ?」

「だから日本人はだめねえ、アンの愛称がアーニャなの。Roman Holidayは、他人の犠牲で、自分が楽しむことをいうの」

「え、知らなかった」

「無邪気な平和運動屋さん、あなたもベトナム戦争に反対するなら、ダルトン・トランボの『ジョニーは戦争に行った』ぐらい観たでしょう」

「ああ、両手両足をうしなって芋虫みたくなって、馬車の上で見世物にさらされる傷病兵だった。日本でぼくの友人若松孝二がリメイクした。キャタピラ(芋虫)っていうんだ」

「あの映画のシナリオはトランボが書いたの。トランボはベトナム戦争の前、赤狩りで、ハリウッドから追放されていた。盟友のウイリアム・ワイラーがシナリオをかかせるのよ。『お熱いのがお好き』じゃなくて、赤いのがおすきね」

「それでわかってきた」

「英国のインテリが誰でも知っていることは、それだけじゃないのよ。この言葉はイギリスの最も有名な詩の一節から来ているの」

そういって、ソーニャは、涙をためて低い声で暗唱した。ソーニャの母は、イタリアで舞台に立った女優だといったっけ。

There were his young barbarians all at play,
There was their Dacian mother— he, their sire,
Butcherd to make a Roman holiday—

「誰の詩なの?」

「Lord Byron Childe Harold's Pilgrimage」

「え、バイロン」

「かれが、トルコの圧政に呻吟していたギリシャ独立運動に加担したのはいくら鈍感な須磨雄でも知っているわね、隻脚の貴族社会追放の男が」

されどダニューブ岸近く、賤《いや》しき小屋のあるところ、

そこに遊びて戯《たはむ》るる蕃児ならびにデーシヤ（民族名）の
族の彼等の母住めり、彼等の父たる彼はこの
ローマの祭りの日のため死せる

（土井晩翠訳）

行頭、Butcherdという強い音の単語は意味はもっと強い、食肉解体だ。slaughter! 問題はローマの休日という訳語にある。晩翠は「祭り」としている。Holidayは聖なる日だ、で、訳者がもし「祭り」と訳していたら、観客はきょとんとしたろう。「休日」としたためにゴールデンウイークで大当たりをした。Random House English Japanese dictionary（小学館）をひもとくと、

Roman Holiday
1、野蕃（執念深さ、報復性、中毒など）を特徴とする公の面前での見世物（論争）
2、他人を不快にさせて得られる娯楽、他人を苦しめることによる利得
注、古代ローマで剣奴（gladiater）たちに刺合をさせて観客が喜んだ故事による。

「アーニャは小国の生贄でしょ。アーニャは決めたの。自分の休暇は終わった。これからソビエトだか、ウクライナだかに帰って人民のために奉仕する」

「そうか」

「いい、わかったわね。あなたたちは、父と尾崎を日本人の餌食にし、おおいにたのしんだのよ、かわいそうなアーニャ、かわいそうなソーニャ」

もう泣いていなかった。ワンサの女優のソーニャはアーニャのように毅然と見えた。

ジュフロア小路

パリの屋根つきの小路パサージュの中でもモンマルトルを降りてきたジュフロア小路は、東洋美術の骨董屋、写真屋が密集している。二人はショパンとジョルジュ・サンドの逢引の下宿の近くのキャフェ「ショパン」で、パサージュ見物のおのぼりさんをよそおっている。ガラス天井の陽がかげった。

「いくらなんでも。あぶなくてわたしにはみていられなかった。でもべ平連ともあろうものがこんな危険な子供じみた作戦にGoをだすなんて信じられなーい」

とソーニャは、チンザノのCinque Cinque（ハーフ&ハーフ）のグラスをカチカチと噛み砕いだ。

「須磨雄が八方手を尽くしても脱走兵の出口が見つからないことは知っていたわ。そのあいだにも、ジャテックのメンバーは、日本国内でじりじりしながら、くすりボケの脱走兵の脱出路が開くことを一日千秋の思いで待ちわびていることも、何人かの日本女性はレイプされたことも」

「やりかけた航海を途中で降りるわけにはいかないと、ドイツの哲学者ノイラートは言っている」

「いったん航海に出た以上、洋上で船底を取り替えるわけにはいかない、なんとかして修復しても航海を続けるしかないってやつね。イスラエル人はノアの箱舟以来ずっとそうやって生き延びてきたの。だから Jatec を名乗る、ヨナのクジラと自称する太った日本人が脱出路をさがして、パッサージュをうろついているのはすぐわかった。でもまさかあんな見え見えの密売人を頼るとは思わなかった」

「どうしてわかったの」

「イスラエルの秘密諜報機関をあばいたオストロフスキーによると、モサドはヨーロッパじゅうのパスポートの工場と密売人をコンピューターに入力してあるの」

ソーニャは、ジェフロアの骨董屋の窓をさした。

「あそこに枝分かれした燭台が輝いているでしょ、あれがモサドのシンボルよ」

合法の壁を突き抜けたのは、ロマン・ロラン研究会のヨナクジラだった。ヨナはニネベの異教徒の宣教を神に命じられて、逃げ出して鯨に呑み込まれた。三日後に吐き出されて、渋々ニネベに行った。須磨雄も行った。阪神タイガース、ちがった、半人半馬の石像があった。須磨雄の大学時代、民青や共青の学生サークルに、ロランの研究会があった。須磨雄の合同演劇研究会でも、ロラン原作の「ピエールとルイス」を脚色した「また逢う日まで」を上演し、山形大学まで夏休みに地方公演に出かけた。須磨雄は舞台監督で噴水の水を樽にためて天井から流した。のちパリ、シテ・ユニベールシテール近くのリュクサンブール公園のライオンを見て噴水を思い出した。

脱走兵が来たとき、仏文科の多くの先輩や同級生が助けた。かれらは合法的な宣伝活動にあたったが、「須磨雄がいなければ手伝うが」と言ったという話が風の便りに聞こえてきた。須磨雄は仏文の面汚しと思われていたのである。

須磨雄が、スエーデンにフリーセックスの取材にことよせて旅費を稼ぎ、パリにくだって、クレーベル街の平和会議に出席しつつ、脱出口を模索していた時、ヨナクジラは、ヨーロッパを彷徨していた。彼は大学の正規の助教授だったが、夜の目も見ずに、脱走兵の脱出口を探したがどうしても道は開けない。

ヨナクジラはパリ、イタリア、スエーデンと旅して、パリのユダヤ人組織を介して、パスポートのビザを偽造する職人に出会った。ビザの語源はラテン語で「見る」ということだ。ビザは出入国に際し、いまでは電磁的な検査があるが、当時は係官が目視で許可した。赤インクや紫のインクをつかい、細い筆で、日付をチョンチョンとなぞればすぐ偽造できる。

問題はビザのハンを押すパスポート本体の取得だが、海外旅行中に盗まれたといえば地元大使館で再発行してくれる。盗品も売っている。後は写真を張り替えるだけである。

ヨナクジラは、このプロセスに簡単にのった。さてここからだれも首をかしげるのだが、パリのパッサージュの贋造専門店で見よう見まねで偽造技術を習った。

のちジャテックでこれが問題になったとき、何の絵心もない人間が、その技術を見よう見まねでおぼえて他人に伝授《つた》えられるものか、ずいぶん質問が出たが、彼は可能だと言い張った。

それからほどなく三通のパスポートがパリから郵便で届いた。盗品だった。実際に偽造したのは、ヨナクジラの親しいデザイナーで「バレたら二〇年の懲役と覚悟して引き受けた」そうである。二〇年はオーバーだが、一生棒に振るだろう。よく引き受けたものだ、いや頼む方も頼む方だ。これをつかって、ジャテックは、脱走兵を二人伊丹空港から送りだした。残り一通は脱走兵が使用を尻込みした。

須磨雄が理解できないのは、(そして多くの関係者が理解できないのは)、ヨナクジラはこの話を「ジャテックの輝かしき業績」として誇っていることである。

彼はこう宣言している。

「市民が国家を超えた」

そうだろうか。須磨雄は違うと思う。「市民が国家を超える」というのは、パスポートなしで往来することである。鯨の腹に入ることではない。

究極的には国境を廃絶することである。そこまでいかずとも難民証明書のように、脱走兵証明書を認めさせることもあろう。

それにたいして既存の発行物を盗んで偽造するのは、泥棒である。

映画『カサブランカ』ではハンフリー・ボガードが、昔の愛人バーグマンに頼まれて、盗品のパスポートを反ナチの科学者にわたす。須磨雄がここにも引っかかるのは、直前までバーグマンはパリのキャバレーの支配人ボガードと恋人同士だったのに、それを黙って、新しい男に貢ぐのは、二股かけていまいか。ま、いいか、ナチスとたたかうためだ。

平和運動は、一つ些細なことを踏み外すと、とめどがなくなる。それを誇るクジラもクジラだが、流石におしゃべりの須磨雄もこれまで決して口外しなかった。

はたせるかな、犠牲も出た。そのころヒューマニストで青年たちに絶大な人気のあった教授がいた。教授は学生の反乱に同調し、大学を辞め、パリにわたった。そしてパリ郊外で余生をおくるべく別荘を求め、日本からの学生の便に供することにした。この素敵なアイデアは、夢見る詩人である夫人のアイデアであった。そこにヨナクジラは目をつけた。

アメリカ脱走兵に盗品パスポートを流すのは、モサドの知ったことではない。パレスチナゲリラがからんだとたんに、モサドの警報装置にスイッチが入る。ブールス（証券取引所）の近くのジェフロア小路の古物商がパスポートを偽造しているゾ。

燭台の灯が揺れ、中からヨナクジラが飛び出してきた。

「On y va!」（行くわよ）

ソーニャが動いた。

「メトロのグランブールバール駅に出るわ。モサドが尾行する。ヨナクジラは鯨でなくライオン像のあるダンフェール・ロシュロー駅で、リーニュ・ド・ソオの郊外電車に乗るつもりだわ」

二人は「フォントネー・オ・ローズ」（薔薇のフォントネー）というきれいな名の郊外駅に着いた。サティが住んだと聞いたことがある。マロニエの並木をヨナが急ぐ。背後を振り向く余裕はない。木の間がくれにオレンジ色の別荘風のシャトレーが見え隠れした。夕闇にまぎれて、外階段を七、八人の男女がどやどやと駆け下りてくる。ヨナクジラは彼らと合流した。遠くで、フランス警察特有の間の抜けたサイレンの音がした。ばらばらと男女が散った。

ソーニャは「DST（Direction de la Surveillance du Territoire）の奴ら、いまごろ来たわ」と吐きすてるように言った。

シトローエンがすっとソーニャの横にとまった。

「わたし、オルリー空港まで追いかける」

「落ち行く先は？」

「ダッカ・バングラ」

と言いすてるなり、ジバンシーのA型ワンピースの上に、カラージュからとり出した黒いブブカを魔法使いのようにまとった。ヘップバーンが『昼下がりの情事』でクーパーの心を蕩かしたアンクレットがまるで韃靼の奴隷のように、須磨雄の目を射た。

「バクーの子はバクー」


一九七四年九月十三日日本赤軍は、服役中の奥田浩三、大道寺あやこら五人の奪還をかかげ、パリ発羽田行き **JAL472**、乗員一四人乗客一四二人をハイジャックし、ダッカ空港に緊急着陸した。日本から石井一運輸政務次官が急行、バングラデシュ軍のマムード司令官が交渉に当った。そこを狙って発生したクーデタの銃弾で負傷しつつ、五日間にわたり釈放犯と乗客を少しずつ釈放、最後に政務次官と交代要員でリビアに飛び、実行犯の和光晴生、西川順、奥平純三は、現金六十億円とリビヤ砂漠に消えた。この時釈放された城崎勉被告は九年後ジャカルタ事件で逮捕。二〇一六年十月、殺人未遂の裁判がはじまっている。

ハイジャックは、奥平の兄と結婚していた重信房子が提議立案した。

俄然パリ警察は教授宅を急襲、夫人を国外追放、日本帰省中の教授のパスポートは日本政府により没収された。超法規的で裁判もなにもない。

夫人に、須磨雄が直接問いただしたところでは「パリの自宅の階段で、誰彼時《たそがれどき》（あれは誰とはっきり見分けられない時分、旺文社古語辞典）どやどやという乱れた跫音を聞き、しばらくして、またどやどやと降りる音を耳にしただけだった」といった。

ヨナクジラは、風をくらって消えた。

ゴラン高原

ソーニャは、アテネに飛んでも、パルテノン神殿には、昇殿しない。パウロが、アテネは偶像ばかりだ、と憤慨したことを使徒行伝で教えられたからである。そのかわりに麓の日本料理屋に立ち寄ってクスコをまず口にした。グラスに注いだときは透明で、ノンガスの水を加えると泡立って白くなる。甘ったるい **Metaxa** というギリシャ特産のリキュールも好んだ。日本料理店には、皆から雷鳥と呼ばれていて、髪は鳥の濡れ羽色、目のキラキラした日本女性がウェイトレスとして働いていた。ウェイトレスは、雷鳥のように、一夜にして羽根の色が変色し、赤軍となった。

女に惚れた映画評論家がいた。沖縄出身の芸者の子で、戦後一時期アナーキスト三馬鹿として映画批評に健筆をふるった、というか、当たると幸い罵倒する体のものだが、根はやさしい小男で、松田与次郎という。

「孤立した精鋭こそが世界を変える。十月！　私は飛ぶわ、あなたと、あなたたちと！」

（若松孝二『天使の恍惚』）

「わたしもまた、この絶叫のなかに、遠い異郷の地で孤独をしいられているわが親密な親友の貌を二重写しにして、万感胸に迫るといった思いを禁じ得ない。しかし違うのだ。孤立した精鋭は、決して、世界を変えたり、世界を創ったりすることなんぞ出来はしないのである。彼もしくは彼女は、ただ世界を予感することができるのみである」（『白昼夢を撃て』）

与次郎の脳裡からは、雷鳥の黒いハシバミをおもわす双眸は消えることはなかった。神田猿楽町の明治大学二号館から錦華小学校（当時）に降りる石段の途中で、フランス秘密警察にへし折られるまでは、しっかりと生えていた前歯で雷鳥の赤い唇を無我夢中で吸った。右手の駿台予備校の方から、「インターナショナル」の歌声がとどろき、雷鳥は、与次郎の胸にほほを寄せると、

「世界を変革したらね」

と囁いた。ああ、それを信じた与次郎がばかだった。

白雲なびく駿河台の秋風にたなびいた黒髪はいま真茶色に染められ、ギレアデ山の腰に臥したる山羊の群れに似たり。

熱風吹きすさぶゴラン高原の丘陵地帯にあって、雷鳥の肉体は、長い逃亡生活の絶えざる緊張と思想闘争のために野生の鷹のように鍛えられていた。

「なんじの目は面帕（かほおほひ）の後ろにありて鴿（はと）のごとし、汝の腿は磨らかにして玉のごとし、なんじの両乳房は雌鹿の雙子の子鹿のごとし」

それが突如、

「なんじのうなじは武器庫にとて建てたる戌櫓樓（やぐら）のごとし」（旧約聖書・雅歌）に変

じた。

砂漠は夜の帳に包まれた。ベドゥインの天幕の奥深く、櫓のごとしと謳われた雷鳥のうなじを抱き寄せ、堅く締まった双子の鹿のような乳房を前歯できりりと噛むと、長い孤独に耐えかねていたこととて、たまらず、玉のような腿をからめて、

「いいのよ。私は飛ぶわ、あなたと」

途端にパリ追放後、荒川の先の特養老人ホームの車いすの上で、幼児還りした往年の革命戦士は、短い『白昼夢』から醒め、一本も残っていない前歯で、深くため息を漏らした。


ヨナクジラはその後、北朝鮮、バグダッドを転々とし、ベイルートまで呼び戻しに言ったベ平連の友人たちの度重なる帰国要請も拒否、ヴァレンシヤからストックホルムに潜伏中、逮捕、日本に送還され、「偽造有印私文書行使」で起訴された。日本からみると、他国のパスポートは公文書でなくて「私文書」にすぎない。須磨雄は裁判を傍聴し、検事にメモをとるなと怒鳴られた。

雷鳥は偽造パスポートで帰国、大阪に潜伏中、タバコの銜え方で正体露見、逮捕、懲役二十年で服役中。

セルビア大使館の哀悼的想起

品川のセルビア大使館のブランコ・ヴケリッチ七〇年記念でいましも映画史家の四方田犬彦による「テロルのホンネ」と題する講演が終わった。

須磨雄が口火を切った。

「『転向』研究会を主宰した鶴見俊輔は、尾崎秀実は偽装転向だ、という。いやご自分を尾崎に擬しているようにもみえるぐらいだ」

「なんだい、その偽装ってのは」

とプロレタリア文学史家栗原幸夫がつっこむ。

「鶴見は英語使いだからね、The Oxford Paperback Dictionary によるとカモフラージュは、"method of disguising"。メソッドだから、かくれるための手段だ。偽装、擬装と訳そう。カメレオンのように外界に似せて色を変える。自衛隊員のように泥をぬる。泥をおとせば軍隊じゃない。それにたいして Disguise（変身）は To conceal the identity of とあるから自己のアイデンティティそのものを装う。秘める層が深い、ゾルゲはドイツの新聞社の身分証明書を持ったただけだから、カメレオンのレベルだ、オカマも女装だけだからカメレオンで、性転換は中身も入れ替えるから変身、はだかにしたってわからない」

「うまい」と幇間。

「ぼくにいわせれば、西園寺公一は公卿だから、本質なんてない。『遺族の退場』を書いても生まれながらの偽装階級だ。鶴見も後藤新平の孫だから、尻尾は見せない。尾崎は、お尻丸出しで、ごぞごぞと匍匐前進した田者者さ」

「オカマが異性愛をよそおうようなもんでげしょ」

と、幇間、

「尾崎は、入党もせず、コミンテルンにも入らず、近衛のブレーンのまま、亜細亜共同体についての論文を書いた、新聞記者として、ゾルゲに情報を流し続けた。三年後にくる解放を信じて、自分の思想は変わっていない」

と栗原はお尻丸出しでなくてマルキスト丸出しだ。須磨雄は、

「じゃあ、上申書で、なんであんなに偽装したんだろう？　まるで国体を信じているふりをして」

幇間が、

「知らないわよ、暗号にでも書いてあるんじゃない」

「それだ！」

と、須磨雄は叫んだ。

「鶴見さんは、自分だけがその暗号を読めるって信じている」

「暗号のキーは？」

と、幇間がすり寄って来た。

須磨雄は立ちあがった。

「上中書を真逆に読めばいいんだ。国体は青いふるさとになんかない、それは茶色い揚子江にある」

「ピン・ポーン、まるでロゼッタ石の解読だ」

と四方田が、エジプト産の真っ赤な葡萄の美酒クレオパトラでぬるぬるした唇を開いた。

「きみたちは、尾崎もゾルゲも、韜晦することばかりねらっていたとおもっているが、テロリストの心、誰か知ろう」

「今更、啄木？」

「いいかい、あの時代、ゾルゲ、尾崎といえども、一個人に何ができる、戦争を阻止することもできなければ、ましてや革命を起こすこともできやしない。ただひとつ反戦論者ここにあり、と日本中に知らせ、世界に狼火を挙げる以外に何ができようか」

「ヒヤヒヤ」

「よろしいかな、諸兄も『ブラック・セプテンバー』事件を御存じですね。イスラエルのオリンピック代表団を人質にとりミュンヘン空港で銃撃戦を展開、選手全員死亡、テロリストのほうも八人のうち五人が射殺される。三人は逮捕されたが、ハイジャックによる超法規的取決で釈放、トリポリへ。しかし二人はイスラエル秘密警察モサドに暗殺され、生き残ったジャマールは二十七年後テレビドキュメントに登場した」

「恥は、かくめい」と幇間。

「ぼくは確信する。ジャマールはモサドによる復讐から身を隠したい生存本能と、事件について唯一の真理保有者として自己を公衆の面前に晒し、歴史の文脈の中で記憶されたいという欲望に身を灼いていた。かくのごとくテロリストの深層には程度の差こそあれ、かならず秘められた自己顕示欲が見え隠れしている」

「きみは、尾崎を自己顕示だというのか」

「だってそうだろう、そうでなければ、検事調書に書かれたあの中級の待合の列挙は如何？　まるで祇園の一力通いの大石内蔵助」

「それとこれとは」

「おなじさ、いいかい、尾崎は、もはや戦争を止める力もないことも、国内にその抵抗勢力が存続していないことも、コミンテルンもアメリカも頼りにならないことも熟知していた。そのとき、この日本せましといえども、尾崎一人いる限り、平和は死んでも、思想は死なず、と内外に名乗りをあげることほど強力な平和アッピールがほかにあろうか？　ゾルゲとて同断躑躅《つつじ》、スターリンから処刑されることは明白なれど、生きて虜囚の辱めをうければ、世界中に自分の栄光は喧伝されるのだ」

四方田はしだいに歌舞伎がかってきた。

「それにまんまとひっかかったのが日本の警察だ、八紘一宇、八百万の神、『八百万の生き様』（ローレンス・ブロック）のただ中にあって、枢軸国のナチスと天皇性の中枢に、匍匐前進するのに飽きた二人の確信犯がいた、そのことをロハで、日本中はおろか世界中に発信できるのだ。こうして砂漠の真んまんなかならぬ日本帝国で、二十世紀のイスラム国そこのけの断首！　どさり麻布十番の惨劇」

須磨雄が、逆襲に出た。

「講師は、ご著書の末尾に近く、ベンヤミンのこんな言葉を引いておられる。『科学が確認したことを、哀悼的想起は修正することができる。哀悼的想起は未完成なもの（幸福）を完結したものに、完結したもの（苦悩）を未完結なものに変えることができるのである』。ここでいう科学は歴史といってもいい、いかがですか」

すると四方田犬彦は、

「須磨雄兄は、御執筆中と仄聞するゾルゲにおいて、歴史の見直しが可能なら、かれは復活できるか、と問うておられるのでありましょう。しかしやんぬるかなさきほど山崎洋氏は、母国ではマルキシズムは否定されはじめている、と指摘された。すると哀悼的想起でさえ時《とき》世時勢《よじせい》が移ろえば逆転するやもはかりしれぬのではありますまいか」

と得意の二枚舌。さらに四方田は挑発する。

「不可解なのは、なにゆえ脱獄計画も、国際条約も一切表面に出てこざるや。鉄仮面、紅はこべ、二都物語、ゾルゲこそ世紀の脱走の絶好の題材ではないか」

「獄外の同志は必死に脱獄計画をねり、生きよ、と神山茂夫を通し、植田敏郎（通訳）を介して、信号を発した」

といいだもも人は運動の生き残りらしいことを言う。

「スターリンに嘆願しなかったの」

と帮間も、無邪気な疑問を発する。

「しようことか、スターリンは切り札コミンテルンまで解散してしまう弱気。けっこうルーズベルトがこわかったんだな。ゾルゲの実効ある助命手段は、一にスターリンによるスパイ交換、二に近衛、西園寺の元老政治、三、四となくて五（最後）に脱獄、法廷闘争などちゃんちゃらおかしい」

須磨雄は、江戸川乱歩を愛読した少年のように頬を紅潮させた。

「少年探偵団は必死に掘り進んだ。小菅に一番近いのは江戸川乱歩ゆかりの雑司ヶ谷から掘り進んだって久世光彦が『一九三四年冬――乱歩』に書いているよ。そのままになっていたけれど、副都心線の地下鉄工事で発見されたんだ、漱石の墓の下だよ」

一挙にはなしは山中峯太郎冒険小説の世界に飛躍した。誰も信じてくれないので、須磨雄は守護神にすがった。

「本郷少佐殿がいたらなあ」

「では、みなさま、これよりヴケリッチ氏ゆかりのウルマン作曲のコンサートにうつります」

とセルビア共和国大使グリシッチが流暢な日本語で言葉をはさんだ。

「ヴィクトール・ウルマンは、チェコ系ユダヤ人、一九四二年テレーゼンシュタット収容所に送られ、そこでナチス将校のための楽団を作らされ、オペラ『アトランティスの皇帝』を作曲、ヒットラーを中傷したとして、アウシュビッツに転送、ガス室で処刑。ひそかに書いた遺稿の一部が、カポ（協力看守）によって残されました。曲の中に、ヴケリッチのふるさと、クロアチアのメロディがききとれます。最後にBACHを音名に置き換えた音がおかれています。希望でしょうか、絶望でしょうか。何をウルマンは、わたしたち伝えようとしたのでしょう。

今夜は、東欧の音楽に詳しいピアニスト水牛悠々さんが哀悼的に復元演奏してくださいます」

ヴケリッチの二人の遺児、日本に残留し、長ずるに及んで父の故郷セルビアで人となった山崎ヴケリッチ洋と妻佳代子、さらにヴケリッチ逮捕の二か月前、オーストラリアに逃れた遺児ポールは、流浪の半生を思うのか、じっと旧宗主国ハプスブルク家に育ったユダヤ人の和音に耳をそばだてた。

小さな乾杯があり、自己紹介が行われた。

最後にたった黒衣の女が言った。

「Sonja, Sonjya Solge」

あの朝、上海のアマースト街でいったときのように、そっけなく、しかしおそれることなく。

外に出ると、品川沖から一陣の野分が八ッ山橋を越えて吹き寄せ、ソーニャの白い羽根の肩掛け（ティペット）をなびかせた。と思うや、ソーニャがマフからとり出したカードが、車道の落ち葉と共にくるくるとまわった。ソーニャはすばやくブーツで踏んで拾い上げて、須磨雄に渡した。

「ハイ、楊国光からのあなたへの招待状」

招待状

九月九日望郷台
遙に知る兄弟登る高き處に
人情已に南進の苦きを厭ふに
鴻雁那ぞ北地より来る

出発　二〇〇一年九月九日午前九時
集合場所　上海龍華機場
目的地　NY（到着予定九月十一日午前九時）
呼掛人　J・G、ソーニャ、空飛、楊国光
（P・S　雷鳥の飛び入りあるかも）
文責　楊国光、六日の菖蒲。

終章　激突

遮光幕をとおして成層圏に光がさし染めているのを瞼の裏に感じて、中国国連代表団情報武官楊子楊国光が、スクリーンを少し上げると、眼下に黄浦江にかかるガーデンブリッジのような橋が見えた。楊はまるで関帝廟の関羽のような美髯を蓄え、「何のつもり？」と聞く須磨雄に「中華三勇士、義によって助太刀致す」と京劇の抑揚で言った。みんな仮装人物だ、と須磨雄は思った。髪に王維のうたった赤い茱萸の花。

帰れ、Broadway mansion　かくも長き不在

ロングアイランド岬が眼下にコネチカットの海岸に寄り添う鰐のように朝日に気持ちよく寝そべっている。

奇妙なことにハドソン川沿いのＷＲＣが近づいては遠ざかる。なんだか旋回しているようにも思えた。

日よけが上がったのに気づいて、黒い制服に白いサービング・エプロンをつけたナーススタイルのソーニャが、

「おめざは何、モスコミュール」

と声をかけた。

となりの榻が、首を伸ばして、

「わたし、紹興酒」

「目の下にブルックリン・ブリッジが見えるわ」

窓外ではブルックリン・ブリッジをすぎて反対側のハドソン川ぞいの世界ワールド・センターの黒いビルがドレの描いたバベルの塔のようだ。異様に近い。

ソーニャが、須磨雄に小声で囁いた。

「もうすぐハドソン河を越えてニューアーク空港よ、first Class のキッチンに来て、How about Morning coffee?」

須磨雄はモスコミュールを飲み干すと前部に立った。cabin のファースト・クラスの乗客は、時差とウオトカの酔いで、いぎたなく眠り呆け、夜明け前の街灯のように読書ランプが点々とともっている。

ソーニャがキッチンのカーテンをあけて滑り込んでくると、ブラッドオレンジの制服の胸の間から、麝香の香りがただよった。

気のせいか爆音が高まった。

眼下のハドソン川に一隻の小さな航空母艦が停泊しているのがみえた。それを圧するようにワールド・トレード・センターの黒い二棟のタワーが、はじめこそ細いペンシルのように見えたが、ぐんぐん近づいてくる。朝日がうけて燃える二本枝の燭台のようだ。

「そとをみて」

すぐに左斜め下にブルックリン・ブリッジがせまってくる。

「わたしいつもあの鉛色の橋げたをみるとガーデンブリッジを思い出すの」

"Une aussi long Absence"（『かくも長き不在』）

と、ソーニャがフランス語で言った。

「君に渡すものがある」

「なあに」

「ロシヤ公文書館で発見された。君のお母さん宛のお父さんの手紙だ」

親愛なるカーチャ

これで私が出発して以来、あなたに書いた手紙は十通目になります。私にはその中の一通だに、あなたのもとに届いたのか知ることができません。

あなたのことをいろいろ考えています

またもう一度会えるときがくることを、そして数か月だけでなく、一緒に住むことができる日を願っています。
私のことを心配しないでください。ここでの生活はひどいけれど、すべてうまくいっています。もちろんつらいものですが。
体を大切にして、私のようなひどい生活を送らないようにしてください。
どうぞ私の会社を通じて、手紙を書いてください。そこにいって、あなたは私の妻だと言ってください。そうすればあらゆる手段を用いて、私にあなたの手紙を送ってくれるでしょう。カーチャ。安らかな生活を送っていてください。そして私のことを忘れないでください。
手を握り、あなたにキスをします
P・S　アメリカドル一〇ドルを手紙に入れておきます。
それで何か、ソーニャに買ってください。イーカ（ゾルゲ）
ソーニャは、封筒の中をのぞきこんで、一転明るい声を上げた。
「あら、ほんとに一〇ドル挟んであるわ、
"Let's take A Breakfast at Tiffany"（『ティファニーで朝食』をとりましょう）
機内に、マンシーニのＢＧＭがながれてきた。
♪Moon River hucclkeberry fin……

ノイズにまじって、キッチンの天井板のスピーカーから空飛の緊張した声がした。

「おまえら、そんなところで、いちゃついているんじゃねえぞ」

「ばれたか」

「よく聞け、当機は、雷鳥Snow Birdに乗っ取られた」

「え、キッチン詰めだ、まいったな」

「そこに二人で隠れていろ、すきを見て連絡する」

「やっと、おもしろくなって来たわ」

ソーニャが黒い瞳を輝かした。危機が迫ると猫のように金色に光るのだ。

「あと四十五秒でDacodaは、ワールド・トレードセンターにぶつかる。雷鳥（Snow Bird）は本気らしい。J・Gとおれでも、もう回避できない。いいか、須磨雄よく聴け、頭の上に、非常脱出用のジェット発射装置の把手がある。ソーニャが知っている。おれが掛け声をかけるまで引くんじゃないぞ」

「わかった」

「激突する直前、ソーニャに抱きつけ、それならお手のものだろう、慌てるな」

ソーニャは左手にユダヤ教の暗記用の羊皮の紐（フィラクトリー）をぐるぐると巻いた。まるで戦士のようだ。

「空飛先輩は?」

「龍華で叔父の乗った九三式練習機を見送ったことを覚えているかい? 叔父は片道分の燃料だけで出撃した。おれは往復のガソリン積んだパイロットになろうときめたが、Suicide Pilotで本望だ。行くぜ」

空飛においかぶせるように、コックニイ(ロンドン訛り)のJ・Gの声が割って入った。

"Snow bird goes Kamikaze Suicide Attack"(スノーバードは神風攻撃をするつもりだ)

「J・G! まさか君は?」

「第三次大戦は目の前だ。おれは十分生きた、衝突で死ぬのがおれの理想だった。おれも空飛佐助も、うまれついての飛行気乗りだ、Dacodaと運命を共にする」

それから無線マイクに切り替えて、

"British Royal Air Force J.G. Ballard, roger"(英国空軍J・G・バラードだ、どうぞ)

すぐ、ブルックリンなまりの切れ切れの英語が飛び込んできた。

「ツポレフ10(ダコタ)、"identifying roger"(識別中)」

"M'aidez m'aidez 2 crew Desert(乗員二名脱出する)roger"

無線の波長が合ってノイズが消えた。

"We are USS Airpcraft carrier Intrepid 4, just under you, received(我ら、眼下の味方、米空母イントレピッドだ。通信確認した)

"Target, Aicraft Carrier Interpid, take a baby Sum"（目標イントピッド、須磨雄、女をはなすな）
目の前にワールド・センターのガラスがせまる。
"Ten……three・two・one・Ground Zero!"
"Jump!"
須磨雄は飛んだ、ソーニャを抱いて、いま自由に向かって。
"Hi, Garcia! Imagine, No Viza, No Elpaso No Country."（ガルシヤよ、想像《イマジン》してごらん！　ヴィザもエルパソ橋も国境もない）

引用〈参考〉文献リスト

汗牛充棟ただならぬゾルゲ関係の研究書、獄中書簡は、ゾルゲに詳しい読者にとっては周知のこととおもわれ、いまさらここに列挙するのは、繁文縟礼の弊、まぬかれがたく、あえて挙げなかったが、参看しなかったことを意味しない。あくまで小説であるが、直接引用の場合は、もちろん本文中に明記した。

なお明敏な読者は容易に察知されるであろうが、ゾルゲ、尾崎の獄中手記、戦時中の官憲調書、およびそれに依拠する研究は、あえて挙げていない。生意気なようであるが、官憲の捏造を筆者が引き継いでいると誤解されないためである。

上海 conspiracy

C・A・ウィロビー『赤色スパイ団の全貌――ゾルゲ事件』福田太郎訳、東西南北社、一九五三年

スメードレーを敵とし、伊藤律スパイ説の元凶となるウイロビーは、堂々と前・米極

東軍司令部情報部長と記し、序文をよせたマッカーサーはまた、「ゾルゲ事件は、単に、東京に於いて終始した局部的なものではなく、ソヴェートの中国を中心とする極東謀略全体に関連しているものであって、世界的規模の隠謀を背景として考察されねばならない。また、ゾルゲ・スパイ団の、最も活躍した上海は、世界制覇を目的とする狂信的共産主義者の温床であった。今日の中国の完全赤化へと発展した所以である。一九五二年一月　ニューヨークにて　ダグラス・マッカサー」と明記している。この結論は、その後の冷戦を予言し、単に近衛・西園寺の追放に狂奔した日本の官憲の遠く及ぶところではない。

原題は〝Shanghai Conspiracy〟であり、訳者福田がいみじくも「上海隠謀、上海謀略と訳すのが妥当だが舞台が日本なので、故意に『赤色スパイ団の全貌』と改題した」とある。福田とは日本ペンクラブでともに国際委員をつとめたが、「よくぞ掘ったり老いたる土竜（マルクス）」ではないが、このタイトル変更は、本作に言及した「ローマの休日」（原意は、ローマの暴虐）とならんで、世論を誘導した戦後の2大誤読である。どちらも赤狩りをめぐる熾烈な謀略（Conspiracy）であったところに、ゾルゲ事件の今日的意味があり、某首相のさししめす世界観と酷似している。そこに少年探偵団決起の意味があるのである。

ゾルゲ

ＮＨＫ取材班、下斗米伸夫『国際スパイゾルゲの真実』角川書店、一九九二年

クーデター発生時モスクワ取材中のスタッフが旧ソ連共産党中央委員会機密資料三〇〇〇万点公開に遭遇して急遽アプローチしたもの、ゾルゲの暗号電報、手紙があった。

ロシヤ文学者沼野充義によると、クレムリンは暗黒の牢獄だが、ロシヤは文書はすべて保存してあるという。

少年探偵団

山中峯太郎『亜細亜の曙』大日本雄弁会講談社、一九三八年

久世光彦『一九三四年冬――乱歩』集英社、一九九三年

辻原登「父、断章」『群像』二〇〇一年七月号

池澤夏樹『カデナ』新潮社、二〇〇九年

Ｊ・Ｇ・バラード

『結晶世界』中村保男訳、創元社、一九六九年

『残虐行為展覧会』法水金太郎訳、工作舎、一九八〇年

『第三次世界大戦秘史』飯田隆昭訳、福武文庫、一九九四年

『太陽の帝国』高橋和久訳、国書刊行会、一九八七年
『女たちのやさしさ』高橋和久訳、岩波書店、一九九六年
『人生の奇跡 J・G・バラード自伝』柳下毅一郎訳、東京創元社、二〇一〇年
『クラッシュ』柳下毅一郎訳、創元SF文庫、二〇〇八年

上海物語　地図　旅行案内

日中両国人民朋友会『上海在留邦人が造った日本人街――昭和17年の日本人商店・会社・工場の復元地図』日中両国人民朋友会、一九九四年
本書巻末に列挙された戦後死刑銃殺された汪兆銘派の人名は汪兆銘夫人陳璧君の獄死を含み、48名に及び、蒋介石や周恩来による日本人民に罪はないという言及は、温情に見えて、上海同窓会のメンバーには突きささるものであろう。
華中鉄道股份栫有限公司『江南の旅』華中鉄道、一九四二年
内山完造『上海汗語』華中鉄道總裁室弘報室、一九四四年三月十日
人民教育出版社『中国2 世界の教科書=歴史』野原四郎・斎藤秋男訳、ほるぷ出版、一九八二年
NHK〝ドキュメント昭和〟取材班『上海共同租界――事変前夜』角川書店、一九八六年
木之内誠編著『上海歴史ガイドマップ』大修館書店、二〇一一年

『航空と文化』日本航空協会編、二〇一二年夏季号
『日本郵船戦時船史』上下、日本郵船株式会社編、日本郵船、一九七一年

私家版　個人手記（未刊行を含む）、学会発表
小栗喬太郎『ある自由人の生涯　小栗喬太郎遺稿集』佐藤明夫、一九六八年
藤田幸一『庭』敗戦直後LT船に乗り組み上海邦人引き揚げにあたった日記体小説、中野印刷発行、一九六八年
梅原保平（上海駅長）『江の島丸遭難記』私家版、一九七五年
塚本助太郎『人生回り舞台　大陸にかける虹』近江兄弟社湖声社、一九八八年
岡宗義（上海副領事）『掃石山房雑記』私家版、一九八三年
松永智子「戦時期ジャパン・タイムの多元的言語空間――浅間丸事件を巡る報道分析から」日本マス・コミュニケーション学会発表、二〇一一年
進藤翔太郎「犬養健関係裁判記録から見た尾崎秀実の政治的な影響力」尾崎ゾルゲ墓参会記念講演、二〇一五年
王中枕「新発見・尾崎秀実と陳翰笙との往復書簡」講演、通訳長堀祐造、処刑七二周年墓参会、二〇一六年
「スパイへの手紙　筆者への転送書簡」横浜市、愛子B、二〇〇〇年、神奈川国際郵便局消

印

尾崎秀実著作

『現代支那論』岩波新書、一九三九年

『愛情はふる星のごとく　獄中通信』尾崎英子編注、世界評論社、一九四七年

拙著

「最年少の被疑者」『ジャーナリスト』日本ジャーナリスト会議、一九八七年

『春春の夢　風葉と喬太郎』平原社、一九九八年

『ラメール母』平原社、二〇〇六年

登場人物

アグネス・スメドレー『女一人大地を行く』尾崎秀実訳、酣灯社、一九五一年

アグネス・スメドレー『偉大なる道　朱徳の生涯とその時代』阿部知二訳、岩波書店、一九七七年

吉田東祐『上海無邊　一つの中國現代史』中央公論社、一九四九年

内山完造『花甲録』岩波書店、一九六〇年

生島、辻原の小説とならんで豚毛を買いつける日本商人の冒険長征譚の嚆矢であろう。
松本重治『上海時代』中央公論社、一九七七年
ハリソン・E・ソールズベリー『長征　語られざる真実』岡本隆三監訳、時事通信社、一九八八年
村松伸『上海・都市と建築　一八四二〜一九四九年』PARCO出版局、一九九一年
池田鮮『曇り日の虹　上海日本人YMCA40年史』教文館、一九九五年
小島勝、馬洪林編著『上海の日本人社会　戦前の文化・宗教・教育』龍谷大学仏教文化研究所、一九九九年
藤井省三『百年の中国人』朝日新聞社、二〇〇〇年
楊国光『ゾルゲ、上海ニ潜入ス　日本の大陸侵略と国際情報戦』社会評論社、二〇〇九年
四方田犬彦『李香蘭と原節子』岩波書店、二〇一一年
中田整一『ドクター・ハック＝Friedrich Wilhelm Hack――日本の運命を二度にぎった男』平凡社、二〇一五年。中田はテレビドキュメントと活字を集大成している。

伊藤律

尾崎秀樹『生きているユダ――ゾルゲ事件その戦後への証言』角川書店、一九七六年
渡部富哉『偽りの烙印――伊藤律・スパイ説の崩壊』五月書房、一九九三年、北林トモ逮捕

について伊藤律端緒説と尾崎秀樹の死闘に迫る徳田球一派労働者党員の執念の調査。
松本清張『日本の黒い霧』（革命を売る男）改訂版、文春文庫第一六刷、二〇一三年
伊藤淳『父・伊藤律　ある家族の「戦後」』講談社、二〇一六年

石井花子『人間ゾルゲ』勁草書房、一九六七年
　ゴーストライターの手によるものであろう。
ブランコ・ヴケリッチ『ブランコ・ヴケリッチ獄中からの手紙』山崎淑子編著、未知谷、二〇〇五年
ブランコ・ヴケリッチ『ブランコ・ヴケリッチ日本からの手紙――ポリティカ紙掲載記事（一九三三～一九四〇）』山崎洋編訳、未知谷、二〇〇七年
山崎佳代子『ベオグラード日誌』書肆山田、二〇一四年

アメリカ
ジョー・コイデ（小出禎二）『ある在米日本人の記録』有信堂、一九六七年
　日本進駐の在米一世・二世のGHQへの売り込み物語。
石垣綾子『回想のスメドレー』みすず書房、一九六七年
小田ジェームス『ある日系米兵の手記　自由と民主主義の旗をかかげて』あゆみ出版社、一

九七三年　骨肉の争い
ジェームス・小田『スパイ野坂参三追跡：日系アメリカ人の戦後史』彩流社、一九九五年
野本一平『宮城与徳　移民青年画家の光と影』沖縄タイムス社、一九九七年
ジョン・アール・ヘインズ／ハーヴェイ・クレア『ヴェノナ　解読されたソ連の暗号とスパイ活動』中西輝政 監訳、ＰＨＰ研究所、二〇一〇年
阿羅健一『秘録・日本国防軍クーデター計画』講談社、二〇一三年
加藤哲郎『ゾルゲ事件　覆された神話』平凡社新書、二〇一四年
鬼頭銀一について再調査を含み、米露のアーカイヴを渉猟、新書判ながらゾルゲ研究のこの時点での総括

パリ
渡邊一夫『フランスルネサンス斷章』岩波新書、一九五〇年
guide vert michelin Paris 1968
松田政男『白昼夢を撃て』田畑書店、一九七二年
カート・ヴォネガット・ジュニア『屠殺場5号』伊藤典夫訳、早川書房、一九七三年
Videohound's Golden Movie Retriever 1997, Craddock and Visible Ink press staff, Cengage, 1996
岸恵子『ベラルーシの林檎』朝日新聞社、一九九三年

鹿島茂『文学的パリガイド』日本放送出版協会、二〇〇四年
マフムード・ダルウィーシュ『壁に描く』四方田犬彦訳、書肆山田、二〇〇六年
和光晴生『日本赤軍とは何だったのか　その草創期をめぐって』彩流社、二〇一〇年
四方田犬彦『テロルと映画　スペクタクルとしての暴力』中央公論新社、中公新書、二〇一五年

ベンヤミンのパッサージュ論「哀悼的想起」を教えられた。

『バイロン詩集――チャイルド・ハロウド』土井晩翠訳、金竜堂書店、一九三八年

ゾルゲ事件と転向研究　ソ連崩壊以降

アイノ・クーシネン『革命の堕天使たち　回想のスターリン時代』坂内知子訳、平凡社、一九九二年
チャルマーズ・ジョンソン『ゾルゲ事件とは何か』篠崎務訳、岩波現代文庫、二〇一三年

アメリカのリベラルには度し難い反共性がある。ジョンソンは、「尾崎はベトナム反戦中の平和主義者と同じだ」（ソ連に利用された）とした上で「律の裏切りは、尾崎を売ったことでない。彼は共産主義者だったから、その悲劇を知るべきだったので、それを単なる平和主義者尾崎に知らせずにここまでコミットされせたことが最大の裏切りである」という立場。

白井久也／小林峻一編『ゾルゲはなぜ死刑にされたのか「国際スパイ事件」の深層』社会評論社、二〇〇〇年
白井久也編著『国際スパイ・ゾルゲの世界戦争と革命　Рихард Зорге』社会評論社、二〇〇三年
著者は、日露歴史研究センター代表、一九九八年以来十指に及ぶ国際シンポジウムを開催し、ロシヤにおけるゾルゲ新資料を精力的に紹介、アメリカにくわしい加藤と協力してソ連崩壊後のゾルゲ研究を組織している。
古賀牧人編著『「ゾルゲ・尾崎」事典――反戦反ファシズムの国際スパイ事件』アピアランス工房、二〇〇三年
一新聞記者の手になる個人的労作「全体を鳥瞰できるガイドブック」（編者）

ゾルゲ事件と転向研究　ソ連崩壊以前

『共同研究　転向』上下、思想の科学研究会編、平凡社、一九六二年
偽装転向についての鶴見の卓抜な定義あり、本書エピローグの議論は、神山茂夫の擬装転向についてのしまね・きよしの稿に触発された筆者の創作
F・W・ディーキン／G・R・ストーリィ『ゾルゲ追跡』河合秀和訳、筑摩書房、一九六七年

風間道太郎『尾崎秀実伝』法政大学出版局、一九六八年
中西功「尾崎秀実論」『世界』岩波書店、一九六九年四～六月号
須田禎一『風見章とその時代』みすず書房、一九六五年
九津見房子述、牧瀬菊枝編『九津見房子の暦　明治社会主義からゾルゲ事件へ』思想の科学社、一九七五年
川合貞吉『ある革命家の回想』谷沢書房、一九八三年
ゴードン・W・プランゲ（GHQ戦史室長）、ドナルド・M・ゴールドスタイン／キャサリン・V・ディロン編『ゾルゲ・東京を狙え』千早正隆訳、原書房、一九八五年
ユリウス・マーダー『ゾルゲ事件の真相』植田敏郎訳、朝日ソノラマ、一九八六年
　訳者は外語のドイツ語教授で判決の日死刑を予想していなくて絞首刑の訳語を知らなかったのがいかに極刑が常識外れだったかを逆に照射している。
谷川巌『竜舌蘭の花──明治・大正・昭和を生きて』学習の友社、一九八六年
石堂清倫『異端の視点──変革と人間と』勁草書房、一九八七年
ロバート・ワイマント『ゾルゲ引裂かれたスパイ』西木正明訳、新潮文庫、二〇〇三年

ベ平連脱走兵関係

小田実・鈴木道彦・鶴見俊輔編著『脱走兵の思想──国家と軍隊への反逆』太平出版社、一

九六九年
栗原幸夫『肩書きのない仕事』三一書房、一九七七年
　ジャテック責任者、尾崎と同囚の神山成夫についた。
「ただの市民が戦車を止める」会編『戦車の前に座りこめ　'72年相模原闘争、そしてさがみ新聞労働組合、一九八〇年
春名幹男『秘密のファイル　ＣＩＡの対日工作』上下、共同通信社、二〇〇〇年
高橋武智『私たちは、脱走アメリカ兵を越境させた……べ平連／ジャテック、最後の密出国作戦の回想』作品社、二〇〇七年
高橋武智「インタヴュー越境による抵抗、あるいは抵抗のための越境　高橋武智氏に聞く」岩間優希『アリーナ』中部大学国際人間学研究所編、二〇一五年
関根忠三『隠蔽されたベトナム戦争脱走米兵亡命作戦』中西出版、二〇一四年

小説　戯曲　詩　映画

横光利一『上海』改造社、一九三二年
徳田秋聲『仮装人物』中央公論社、一九三八年
『アポリネール詩集』堀口大學訳、新潮文庫、一九五四年
堀田善衛『上海にて』筑摩書房、一九五九年

C・ボードレール『悪の華』福永武彦訳、世界名詩集大成フランスⅡ、平凡社、一九六〇年
いいだもも『斥候よ、夜はなお長きや』角川書店、一九六一年
木下順二『オットーと呼ばれる日本人』筑摩書房、一九六三年
九津見房子、中西功は、木下の尾崎を日本人的心情とみる見方を真っ向から批判している。
金子光晴『どくろ杯』中央公論社、一九七一年
生島治郎『黄土の奔流』中公文庫、一九七四年
ドストエーフスキー『罪と罰』米川正夫訳、世界文学全集12、河出書房、一九八九年
米川は脱走兵を家に匿った。娘の実話。
辻原登『村の名前』文藝春秋、一九九〇年
ロートレアモン『マルドロールの歌』前川嘉男訳、集英社、一九九一年
西木正明『夢顔さんによろしく』文藝春秋、一九九九年
G・ガルシア・マルケス『予告された殺人の記録』野谷文昭訳、新潮文庫、一九九七年
大江健三郎『﨟たしアナベル・リイ総毛立ちつ身まかりつ』新潮社、二〇〇七年
小田実『河』1〜3、集英社、二〇〇八年
篠田正浩／ロバート・マンディ『スパイ・ゾルゲ』講談社、二〇〇三年
クリント・イーストウッド『ハドソン川の奇跡』二〇一六年（原作はサリー・サレンバーガ

ー『機長、究極の決断』十亀洋訳、静山社文庫、二〇一一年）
ミュージカル　浅利慶太演出・台本『李香蘭』一九九一年
ミュージカル　綾羽一紀演出・台本『上海一九三〇』二〇〇〇年

あとがき

一九三四年九月九日、江南省井岡山で、十八歳の紅軍の兵士張盛継は国民党機が二機、空中衝突を起こしたのを見上げていた。飛行機は焔につつまれて山の向こうにからみ合うように墜落して行った。彼はその村に向かって歩きはじめた。

張は、それが自国の歴史どころか、となりの小さな国、日本の運命を変える長征の第一歩だとは思いもしなかった。

同じ九月九日、神戸市中山手の病院で、一人の男の子が誕生した。十二日後、室戸岬を通過した台風が神戸市を襲い、死者三千三十六人の被害を出した。父は、神戸市長田区西山町の小さな家で、懸命に雨戸を押さえた。

三菱銀行勤務上海支店の父の転勤と、自転車を買ってやろうということばで、親子三人で暮らした上海の虹口、施高塔路（スコット路、現山陰路）大陸新邨の住まいの真裏に魯迅旧居があった。扉を押して外に出ると内山書店があり、店内に入ると頭をよくなでてくれた。太平洋戦争開戦時、上海第五国民学校入学、担任は村上六三、辻原登の父である。

内山完造とその妻みきの簡素な結婚を、牧野虎次牧師が司式するさまを京都の牧師館の畳にちょこんとすわって眺めていた娘美代は、八幡商業出身の塚本助太郎と結婚、上海に赴き、二人の間に洋之助が生まれた。一家は豊田紡績社宅に住んだ。

佐吉邸にほど近い、フランス租界のアマースト通りのイギリス人貿易商バラード家でも、一九三〇年十一月十五日上海総合病院で一人の男の子が誕生した、少年は一九四一年太平洋戦争の勃発した日本占領下の収容所を生き抜き、ケンブリッジを出て英国空軍パイロットとなり、一九八四年「太陽の帝国」を発表した。

J・G・バラードが収容所に入れられる年の四月、上海第五国民学校に入学した少年は、日本ペンクラブの常務理事となり、死刑となった尾崎秀実の弟秀樹を介して、国際ペンクラブの会議でセルビア在住の山崎洋に会い、当時九十歳の山崎淑子からヴケリッチについて聞いた。

台湾出身ながら中国共産党秘密党員だった楊国光の父は、一九三二年蒋介石の工部局警察に逮捕されたが、日本統治下だったため、台湾に強制送還された。生後七ヵ月の息子と、母は上海刑務所に残された。戦中、楊一家は東京に渡り、国光は豊島中学（のち文京高校）で学ぶ。帰国直前、神田の古本街でゾルゲパンフを手に取り、北京に戻り、モスクワ留学、人民日報特派員として東京に派遣された。

「四馬路は本屋街、上海の神保町である、と同時に食道楽の街である。上中下各流の料理屋が軒を並べてゐる。不健康な遊びについては割愛するが、君子危うきに近寄らず変なところの一人歩きは避くべきである」（昭和十七年発行の上海案内『港南の旅』）

神保町のすずらん通りの灯ともし頃、内山書店の前で待ち合わせたころ、「紹興酒で乾杯して久濶を叙しますか」というので、二人は「歓迎」と上海語で書かれた揚子江菜店のドアを押した。酒が入ると楊は、中国浪人みたくなる。

「日本のかたは、愛国心といわれると前後の見境をなくしますね。そりゃあ中国人にだって忠義の心はありますよ。明の忠臣鄭成功は、台湾に逃れて再起をはかった。燕雀安《いずく》んぞ鴻鵠の志をしらんや。わたしも中国本土に生まれ、外省人とよばれる台湾に逃れ、明治の白雲の下で人となりました。そんなある日、表通りの一誠堂でゾルゲのパンフを手にしたのです。それで秀実兄さんの血の涙は冤罪だと確信しました。

ユダヤ人は、ユダヤの固有の宗教と土地に執着するけれど、他方ではそれを乗り越えるコスモポリタニズムもありますね。マルクス、トロツキイ、チョムスキー、中国人は、ユダヤ人や日本人のように小さな国にしがみつかない。

尾崎さんは、中国人に似ています。尾崎の友人の弁護士や裁判官にはどうしてもそれがわからずに、愛国者であることを立証して罪を軽くしようとした。尾崎には迷惑だったでしょう。わたしならおこるね。尾崎は二重の敵と戦わねばならなかった。官憲と友人とそこが李陵と蘇武の友情と違うよ」

　漢文の講義がおわると、突然話題を転じて、

「ここ、ちゃらんぽらんないね」

「それをいうならちゃんぽん、日本的オムニバス、上海焼きそばにしようか」

「日本の上海焼きそばだめよ、日本人みたいあるね」

「どこが?」

「かたい麺とやわらかいのしかない。両方あるの本物よ」

　須磨雄は、この台湾、中国、日本ちゃらんぽらんの慧眼に舌を巻いた。

　国光の言うところでは、

「日本人、はやり唄のせいで、四馬路で一本道しか知られてないけれど、本当は四本あるよ、一馬路はジミー、二馬路は空飛君、三は楊で、四は君あるよ。ぼくたち、決してまじわらないけれど、いつまでも雁行するよ」

「ソーニャは?」

「四人を束ねる赤い紐」

＊

「老人は夢を見、若者は幻を見る」（ヨエル書）というが、少年の思い出と老人の幻に辛抱強く付き添ってくれた未知谷の飯島徹氏と伊藤伸恵さんに感謝します。作中引用の著者の方々のご海容を願って。

二〇一六年九月十一日

こなか ようたろう

1934年　神戸生まれ
1939年　銀行員の父の転勤で、上海へ
1941年　上海第５国民学校入学
1943年　病弱で母と帰国
1958年　東京大学仏文科卒、ＮＨＫ入局
1962年　小田実『しょうちゅうとゴム』演出
1964年　東京オリンピックの時退職、
1965年　ベ平連（ベトナムに平和を！ 市民連合）結成に参加
1967年　（ジャテック脱走兵援助）
以降、執筆、市民運動、日本ペンクラブ理事。
1968年　野坂昭如、生島治郎、五木寛之らと日本ペンクラブ理事、尾崎秀樹会長を常任理事として支える（のち専務）。バルセロナ、カラカス大会などの日本代表
1983～84年　フルブライト交換教授
日本アジア・アフリカ作家会議事務局長、アジアキリスト教協議会（ＣＣＡ議長）
著書 『天誅組始末記』『王国の芸人たち』『私の中のベトナム戦争』『小説内申書裁判』『青春の夢、小栗風葉と小栗喬太郎』『ラメール母』『翔べよ源内』（第１回野村胡堂文学賞）
翻訳 『エヴァの日記』（エヴァ・フォレスト）、『蟻』（ベルナール・ウエルベル）

上海物語
あるいはゾルゲ少年探偵団

二〇一六年十二月 五 日初版印刷
二〇一六年十二月二十日初版発行

著者 小中陽太郎
発行者 飯島徹
発行所 未知谷
東京都千代田区猿楽町二 - 五 - 九 〒101-0064
Tel.03-5281-3751 / Fax.03-5281-3752
〔振替〕00130-4-653627
組版 柏木薫
印刷所 ディグ
製本所 難波製本

Publisher Michitani Co. Ltd., Tokyo

ISBN978-4-89642-515-4 C0093